JN040501

お見合い代役が結ぶ純愛婚

～箱入り娘が冷徹御曹司にお嫁入りします～

m a r m a l a d e b u n k o

宇佐木

marmalade bunko
マーマレード文庫

目次

お見合い代役が結ぶ純愛婚
～箱入り娘が冷徹御曹司にお嫁入りします～

お見合い代役が結ぶ純愛婚

～箱入り娘が冷徹御曹司にお嫁入りします～

1．恋をしてみたい

「久織《くおり》さん。ずっとお近づきになりたいと思っていました。少しお話しませんか？」

「いや、結構《けっこう》。俺は時間を無駄《むだ》にしない主義でね。あなたと話をしたところで有益な時間になるとは思えない」

その返答に耳を疑った。綺麗《きれい》に着飾った女性を前に、歯に衣着せぬ物言いで冷たくあしらった男性から目が離せなくなる。

女性は顔を真っ赤にし、足早にパーティー会場から去っていく。男性は彼女の後ろ姿さえ視界に入れていない。涼しい顔で手にしていたグラスを会場スタッフに渡し、こちらへ歩みを進めてくる。私は咄嗟《とっさ》に背を向けた。

「ああ、久織さん。この間はお世話になって」

彼が年配の男の人に呼び止められている間に、そそくさとその場から離れる。

『久織さん』って呼ばれてた……。〝久織〟と言えば、スーパーゼネコンの一社〝久織建設〟の後継《あとつ》ぎに違いない。

距離を取ってから、遠目で再び久織さんを眺《なが》める。

ああやって和やかに話をしている姿は、さっきの女性の前とは別人のよう。表の顔と裏の顔を使い分けてるのね。顔立ちがいいだけに、冷ややかな声と表情はこちらまで凍りつかせる。絶対《ぜったい》にかかわり合いたくない人だわ……。

「亜理沙《ありさ》、どうした？　知り合いでもいたか？」

「ううん。な、なんでもないの」

突然、父に話しかけられて動揺《どうよう》した。しどろもどろになってごまかした矢先《やさき》、父まで久織さんに意識を奪われる。

「おや。あれは久織建設の……久織亮《あきら》くんだったかな。こういう集まりには滅多《めった》に出ないのにめずらしい」

「ふうん。そうなの……」

私はまるで興味ないといった態度を取る。どうにか彼から話題を逸らしたくて。

自らかかわることはないとわかっていても、彼の存在はあまりに目立ちすぎていて私には刺激が強すぎるもの。

今日は、父と公私ともに付き合いのあるホテル経営者の還暦《かんれき》パーティーに、家族で招待されていた。

母は社交的な性格で、父から離れてもひとりで挨拶《あいさつ》して回れる。それに対し、私はこういう場が苦手。気の利《き》いた話題も出せず、会話に詰まるのは目に見えている。

特に男性と接するのは大の苦手で、まともに目すら合わせられない。

小学生の頃、男の子に執拗《しつよう》にいたずらを繰《く》り返《かえ》されたのがきっかけ。たったそれだけで……と思われるかもしれない。けれど、内気だった私にとっては大きな理由で、それまでに輪をかけて俯《うつむ》くようになった。

その後、男の子を避けるように中高大一貫の女子校に進学した。――なのに、若い男の先生にもなんだか神経を使ってしまい、挙《あ》げ句《く》見知らぬ男の人に街中で声を掛けられて怖い思いをしたりと、克服するどころかますます苦手意識が強くなった。

二年前に父が経営する大迫《おおさこ》不動産の総務部に就職してからは、仕事に支障をきたすのを避けるため、努力してなんとか男性相手に日常会話はできるようになった。

きっと私が〝社長令嬢〟だから、周りも気遣《きづか》ってくれているからだとは思うけれど。

とはいえ、根底には〝男の人が苦手〟なのが残ったまま。

父の陰《かげ》に隠れながら、ふとさっきの久織さんを思い出し、彼の位置を確認する。

彼はまた別の女性に声を掛けられていたが、先ほどと同様の態度で一蹴《いっしゅう》し、さっさと会場をあとにしていった。

一か月後。それは突然の出来事だった。

世間ではゴールデンウィークが明け、誰もが数日ぶりに仕事に勤しんでいる。

私も同様で、連休の間に溜まっていた事務処理に終日追われ、くたくたになって帰宅した。その日の夜。

夕食後、部屋で休もうとしたら、父が神妙《しんみょう》な面持《おもも》ちで私を呼び止めた。

「亜理沙、ちょっと来なさい」

父は普段とてもやさしい。だから、家で父のこういう顔を見るのは、中学校の進路を相談したとき以来かもしれない。

私は父に続いて和室に入り、向かい合って座る。変わらず固い表情の父に緊張しながら、話を待った。すると、父はなんだか言いづらそうに口を開いた。

「実は……お前にお見合いの話をいただいて」

瞬間、頭の中が真っ白になった。戸惑《とまど》いを隠せず、父を凝視する。

「お見合い……？　私の……？」

「ああ」という父のひとことを聞いたあと、徐々に言葉の意味を理解し始める。同時に、心の中は焦りでいっぱいになった。

「え……？　ほ、本当に……？」

狼狽《うろた》える私に対し、父は一度頷《うなず》くだけ。

私は男の人が苦手といっても、結婚に対して悲観的なわけじゃない。それはきっと、両親の仲がいいからだって思ってる。だからといって、まだ具体的に自分が結婚するイメージすら持っていないのに……。

なにせ一度も異性とお付き合いしたことがないし、男の人を好きになった経験もない。結婚なんて夢物語みたいなもの。

「実はこの間のゴルフのときに持ち掛けられた話なんだが……。お相手は久織建設会長のご令孫《れいそん》だ。彼は今、専務執行役員《せんむしっこう》社長室長で将来的には久織建設を背負って立つことになるだろう」

父の口から出てきた単語に思わず目を見開いた。

久織建設の後継者の方……？　それは先月のパーティーで見掛けた男性じゃ……。

一気に不安が押し寄せる。そして、ついに父の口から決定的なひとことが放たれた。

「久織亮くんだ。お前もこの間のパーティーで見ただろう」

『久織亮』――その名前を聞いた瞬間、ひと月前のパーティー会場での光景が鮮明に浮かび上がる。

あの日、彼を見たときの怯《おび》える心地をも思い出し、心臓が嫌な音を立てていく。

よりによって、あんな委縮させられるタイプの人がお見合い相手なの……？　しかも彼は女性への態度が冷たすぎて、私なら同じ空間にいるのもきっと耐えられない。

「久織建設はとても大きな組織だから、うちにとってもいい話でな。それと、久織会長直々《じきじき》にいただいた話で……こう、無下《むげ》にもできなくて」

父の言いわけっぽい言葉は、もうほとんど耳に入ってこなかった。

父は茫然《ぼうぜん》とする私に慌《あわ》て、座卓に身を乗り出した。

「ま、まあ、家族同伴の場は仰々《ぎょうぎょう》しいだろうと思って、初めは当人同士のみの顔合わせっていうふうにお願いしたんだ。今どきはそういう形式の見合いが多いらしいし」

私がだんまりなせいか、父は必死にフォローを続ける。

「ふたりきり、とはいえ、わたしや久織会長らがかかわった約束だ。危険はないから安心しなさい。亮くんは仕事ができるし女性関係の悪い噂《うわさ》もないようだし、わたしとしてはいいと思うんだがなあ」

〝危険はない〟という父の言い分はわからなくはない。私も、女性に興味のなさそうな彼なら、変な心配は必要ないとは思う。

ただ問題なのは、私にとっては彼と向き合うのさえ苦痛だってこと。

「……パパやママは賛成なの？　……今回のお見合い」

ふたりとも、私の性格を知っているのなら無理強《むりじ》いはしないはずよね。

心のどこかでそう高《たか》を括《くく》って尋ねたら、衝撃的な答えが返ってくる。

「正直に言えば、どこかの素性《すじょう》の知れない男よりは身元ははっきりしているし、わたしの目の届くところだから悪くはない話だと思っている」

父の答えを聞き、私は再び黙り込んだ。

父自身の利益や体面だけならまだしも、私のことを心配して持ってきた話と聞けば、きつく返せなかった。纏《まと》まらない感情が、いっそう心を迷わせる。

「ちょっとだけ、時間をちょうだい……？　気持ちの整理をつけたいの」

「ああ。もちろん」

私はまだ二十四歳。同じくらいの年齢で結婚している人は、あまり周りにいない。といっても、私なら結婚に縁のないまま、あっという間に年齢を重ねてしまう可能性が高い。そう考えれば、私だっていつか両親がいなくなったとき、ひとりぼっちでいるのはつらい。

そうして部屋に戻ってからも悩み続け、数日間答えを出せずに悶々《もんもん》として過ごした。

約一週間が経った。

父から時間をもらったのに、私の気持ちは前にも後ろにも進めずにいる。

いっそ前向きになればいいのでは、と頭では思ってみても、心は憂鬱《ゆううつ》さを隠せず拒絶し続けていた。父が出張などで忙しいのをいいことに、ずっと返答を保留にしてる。

仕事中もお見合いの話が頭をちらつきながらも、私はどうにかミスせずに役割をこなし、定時を迎えた。

身支度を整え、同僚のみんなと一緒《いっしょ》に下りのエレベーターに乗る。ロビーに出たところで、スマートフォンがメッセージの着信を知らせた。友人の如月史奈《きさらぎふみな》ちゃんだ。

今日は史奈ちゃんと会う約束をしている。彼女は私の親友で、とても大切な存在。

私は気持ちを立て直し、史奈ちゃんが待つダイニングバーへ急いだ。

店に着くと、小学生の頃から変わらない明るい笑顔の史奈ちゃんが手を振った。

「亜理沙～。お疲れ様！」

小学校のときに出会った彼女は、当時私をいじめる男の子に立ち向かってくれた。

私は前から頼もしい史奈ちゃんに憧《あこが》れを抱いていたのもあって、それをきっかけに史奈ちゃんと一緒に過ごすようになった。その頃、両親の都合で埼玉《さいたま》県の祖母のもとに預けられていた私にとって、彼女はとても心強い存在になっていた。

中学校は男の子がいないからという理由で、都内の私立女子校を選んだ。入学のタイミングで両親のいる東京に戻った私は、地元の公立校へ入学した史奈ちゃんと離れ離れになってしまった。それでも定期的に連絡を取り続け、彼女の就職先が都内となった今では、頻繁《ひんぱん》に会っている。

私たちはドリンクを手に取り乾杯《かんぱい》する。史奈ちゃんが甘めのカクテルを美味《おい》しそうに飲んでいる姿を眺め、無意識にため息をついた。

「なに？　亜理沙、ため息ついて。ずっと浮かない顔してるし、どうかした？　亜理沙は昔から真面目《まじめ》すぎて心配なところあるからなあ。なにかあるなら、ひとりで抱え込まないで相談してよ？」

「う……ん」

言うべきかどうか。最近の私は頭を悩ませすぎて、すぐに答えを導き出せない。もたもたしているうちに、史奈ちゃんは気を遣って言ってくれた。

「言いづらいなら無理強いはしないよ」

違うの。私、本当は誰かに聞いてほしい。このチャンスを逃したら、このまま本音を誰にも言えずにお見合いに行く羽目《はめ》になっちゃう。

「実はね。お見合いの話があって」

「えっ！　お、お見合い⁉」

勇気を出して切り出すも、ものすごい小さな声になってしまった。にもかかわらず、史奈ちゃんはちゃんと聞こえたらしく、大きな反応が返ってくる。

私が無言で一度頷くと彼女は目を剥《む》いたまま固まり、数秒後、再び口を開いた。

「ま、まあ……亜理沙のとこなら、そういう話があっても不思議《ふしぎ》じゃないか」

うちが会社を経営しているのを知っている史奈ちゃんは、すんなり納得する。

重い気持ちが、私に自然と憂鬱な息を零《こぼ》させる。

「パパがこの間、仕事関係の人たちが参加するゴルフでそういう話を持ち掛けられたみたい」

「それって、まったく拒否権ない感じなの？」

「パパにとっても今回の件は青天《せいてん》の霹靂《へきれき》だったみたい……。でも相手が相手なだけに、簡単に突っぱねることもできなかったんだと思う」

私は手元のグラスに目を落とし、力なく笑った。

「お見合いの相手って？」

史奈ちゃんの質問に、私の脳裏《のうり》に彼の姿が浮かぶ。

「……〝久織建設〟の後継ぎになる人。久織建設の会長とゴルフで一緒だったみたい」

「くっ、久織!? あのスーパーゼネコンの!?」

史奈ちゃんが驚きを露《あら》わにしたのは、たぶん彼女もインテリアコーディネーターとして、同じ業務に携《たずさ》わっているから。

それを抜きにしても、久織建設のネームバリューは計り知れない。CMはもちろん、外を歩いていれば〝久織〟の文字はいたるところで目に入る。

史奈ちゃんは愕然《がくぜん》として言葉を失っている。

「少し時間をちょうだいってお願いしてるの。でも一度は会わないといけないと思う。パパも断れる雰囲気《ふんいき》じゃなかったみたいだし……。せめてと思ったのか、大々的なお見合いって感じじゃなく、まずは当人同士だけで食事をする方向にはしたからって」

「じゃあ相手方の親とかは同席しないんだ。だったらもうサクッと会って、断っちゃえばいい……」

史奈ちゃんは途中で、はっとして口を噤《つぐ》んだ。たぶん、私がつい泣きそうになってしまったせい。

史奈ちゃんはなにも悪くない。普通だったら、彼女のアドバイス通《どお》りしてみるのも手だと思う。だけど、私はどうしても男性への苦手意識が払拭《ふっしょく》できない。しかも、幸か不幸か相手を一方的に知ってしまっている。

私は暗い気持ちで首を横に振った。

「史奈ちゃんなら……わかるでしょう？」

あのクールな彼を前にして、自分の意見を唱えるのはほぼ不可能よ。

「久織会長が『具体的な話はふたりで会ったあとでも遅くない』って言ってたらしいの。話をまとめる前提にしか思えなくて、ますます断れる気がしないわ」

押し黙る彼女に申し訳なく思い、懸命《けんめい》に笑顔を見せた。

「それに約束を交わしてしまったからには、顔を合わせないと。会いもせずに断れば先方も気を悪くするだろうし。なによりも、私の行動でうちの会社の業績に影響が出るんじゃないかって心配で……」

不安な気持ちが止まらなくなって、胸に抱えていたものを一気に吐き出した。

史奈ちゃんは「まさか、そんな」と、まるで自分のことのように唸《うな》り声を漏《も》らして考えてくれる。

「久織建設は最近不動産業のほうにも力を入れようとしているって噂だし……。会社の事情は詳しくわからない。ただ私のせいで迷惑《めいわく》かけたらと思うと怖くて」

「つまり角を立てずに断るにはどうしたらいいか……ってことか」

彼女は神妙な面持ちで言った。

「うーん……相手によるよねえ。せめて亜理沙が話しやすいタイプの相手なら……」

「相手の人……一度見たことあるの。先月パパに同行して参加したパーティーで、偶然見かけて」

意識していたのは数分だったのに、強烈な印象を与えられたからしっかりと覚えている。彼の美貌《びぼう》は目を見張るものがあった。しかし、皮肉《ひにく》なもので美しさが彼の冷淡な部分をいっそう際立《きわだ》たせていた。

「そうなの？　もしかしてパーティーでその人が亜理沙にひと目惚《めぼ》れして、お見合いを口実に熱烈アプローチしてきてるとか？」

「まさか！　逆よ。彼はまったく女性には関心がない感じだったの。仕事関係の男の人とだけ話をしていて。女性に話しかけられれば、まるで興味ないっていったように冷ややかな目であしらっていたわ」

彼の氷のような冷たい瞳《ひとみ》に自分が映《うつ》し出されるのを想像し、勝手に身体《からだ》が震えた。

久織亮さんみたいなタイプは初めてで困惑《こんわく》する。

私は震えを抑えるために、自分の身体に腕を回した。

そんな中、史奈ちゃんがなにか思いついたらしく、明るい表情で口を開く。

「待って！　女性が嫌いなら、むしろ向こうから断ってくれる可能性高いんじゃない？　よかったじゃない！」

「……そう思う？」

「え？　だって……女性に興味ない人だったんでしょ？」

史奈ちゃんは私の反応が予想外だったのか、不思議そうにしている。

私も一番初めに考えた。女性が嫌そうだったし、心配しなくても結婚までには至らないんじゃないかって。だけど……。

「これは私の勝手な想像よ……？　その彼、とっても美形なの。積極的な女性なら放っておかないと思う。でもそれが煩《わずら》わしそうだった」

向かい側に座る史奈ちゃんのほうに身体を寄せて、声のトーンを落として言った。

史奈ちゃんはきょとんとして答える。

「うん。だから確実に結婚なんてしないでしょ？」

「逆の考え方もあり得ないかな？」

「逆？」

私はひと呼吸置き、恐《おそ》る恐《おそ》る懸念《けねん》している内容を説明する。

「久織の跡取りという立場なら、将来的に身を固めたほうが周囲の評価もよくなるだろうし。女性との関係を敬遠《けいえん》する性格だとして、どのみち結婚せざるを得ないならビジネス的な政略結婚のほうが面倒《めんどう》がないって考える……とか」

突拍子《とっぴょうし》もない想像だ、って笑われるかもしれない。でも、あの人を思い出せば思い出すほど、政略結婚とか契約結婚みたいなドライな思想が似合いすぎる気がして……。

史奈ちゃんにとっても、非現実的な話だったみたい。彼女は口に手を添え、茫然としている。心配そうにこちらを見つめる史奈ちゃんに、私は頑張《がんば》って笑いかけた。けれども、口から零れ落ちる言葉は弱音になる。

「もしふたりで会って話を進められたなら、私……拒否する自信ない……。一度遠目で見ただけの男の人とふたりきりで食事するって、想像だけで怖いのに。あの氷のような瞳に刺され続けて、美味しい食事だって喉《のど》を通らないに決まってる」

現実から目を背《そむ》けたくて、私は無意識に瞼《まぶた》を落としていた。

どうしようもない。親友に今置かれている状況や心情を打ち明けたって、打開する術《すべ》などないのよ。私が自分でどうにかしなきゃならないことだもの。

わかってる。わかってるんだけど――。

自分の弱さを責め、なけなしの勇気を出そうと何度も試みるも、彼の顔がちらついて一歩を踏み出せなくて……。

「私が代わって行ってあげられたらね……」

ふいに史奈ちゃんがぽつりとつぶやいた。

私は彼女を見つめる。深く考えるよりも先に口が動いていた。

「それ、本当にするのはダメ……!?」

「は？『それ』って……」

「私の代わりに、史奈ちゃんが会いに行くの！」

私は迷惑やわがままを承知で懇願《こんがん》した。

常識では考えられない頼みをしている自覚はある。でも、自分の人生が掛《か》かってるんだもの。今抗《あらが》わないと、この先何十年も彼の陰で怯え続けなきゃならないかもしれない。そう思ったら、恥《はじ》を忍んででも史奈ちゃんに縋《すが》りつくしかない。

「かっ、代わりって！　ちょっ、亜理沙。いくらなんでも！」

「急な話で、お見合い写真とかがあるわけじゃないし。私が彼を一方的に知っているだけで向こうは私なんか気に留めたりするはずないから、顔は知られてないはずだわ」

「いやいや！　待って。さすがにそれはバレたときが」

「もしも気づかれたら、そのときは『代理で来た』って言ってもいい。そうなれば、もちろん私が全部責任取るから」

もうあとには引けない。背水《はいすい》の陣《じん》で史奈ちゃんと向き合う。

「せ、責任って！　それならいっそ、ダメ元で亜理沙が直接断ったほうが」

「本人を前に言える勇気と自信があるなら、初めから悩んでないわ。今だって、史奈ちゃんだから本音を出せてるだけで」

無茶《むちゃ》を言ってるってわかってる。大事な友達になにを言ってるんだって……。

私は背筋を伸ばし、真摯《しんし》に史奈ちゃんを見つめた。そして、深く深く頭を下げる。

「あの人の雰囲気……本当に苦手なの。史奈ちゃんには本当に申し訳ないって思ってる。突拍子もないお願いだってわかってる。だけど一《いち》か八《ばち》か、賭けさせて……！」

そうして私の一方的なお願いは、彼女のやさしさによって受け入れてもらえたのだった。


史奈ちゃんが代役を引き受けてくれたあと、父にやっと『一度だけなら、ふたりで食事をします』と承諾《しょうだく》した。

数日後。父を経由して先方から、土曜日の昼二時頃はどうかと日時の連絡が来たと聞いた。

私は土曜は休み。でも、実際に出向いてくれるのは史奈ちゃん。彼女は一種のサービス業だから、土日は仕事でお昼の約束は厳しい。私は史奈ちゃんと相談し、父をどうにかごまかして、時間を夜七時半に変更してもらいたいと伝言をお願いした。

そして、こちらの希望が通ったと知らせを受けたのが木曜日。

急いでその旨《むね》を史奈ちゃんに連絡し、彼女からは、《了解。また連絡するね》と返信がきた。彼女の変わらぬやさしさに罪悪感を抱きながら、私は《ありがとう。本当にごめんね……》としか返せなかった。


後ろめたい気持ちを抱えたまま、時間だけが過ぎていく。

土曜日はずっとそわそわして過ごし、史奈ちゃんから連絡がきたのは夜の九時過ぎ。

自分の部屋で机に向かっていたらスマートフォンが鳴り、ディスプレイに出た《如月史奈》の文字を見て私はすぐさま応答する。

「もっ、もしもし！」

『あ、亜理沙？　ごめんね、今大丈夫？』

急く《せ》気持ちで第一声を発すれば、いつも通りの彼女の声にほっとした。

「うん。史奈ちゃん今日はありがとう。私七時半からずっと落ち着かなくて……」

思わず椅子《いす》から立ち上がって話をする。史奈ちゃんは、『そうだよねえ』と電話口で笑っていた。

「ど……どうだった……？」

恐る恐る核心に触れるも、彼女は明るく返してくる。

『一応《いちおう》、縁談を受ける意思はないって断ってきたよ』

その言葉に心から安堵《あんど》し、史奈ちゃんへの感謝の気持ちが溢れる。

「ありがとう……。本当にありがとう」

これで父との『一度は会う』って約束も果たせたし、史奈ちゃんが縁談は断ってくれたし、もう日常に戻れる。

安心して自然と顔を綻《ほころ》ばせていたら、史奈ちゃんがぽつりと言った。

『でも亜理沙に聞いていた感じの人じゃなかったなあ……』

「ふうん？　でも本当、よかった……。史奈ちゃん、ありがとう」

私は相手の顔に泥《どろ》を塗ることなくお見合いの話が終わったことで頭がいっぱいで、史奈ちゃんがつぶやいた言葉をちゃんと受け止められていなかった。

それから五日後。

私はあの日の電話で彼女が零していた発言を思い出し、戦慄《せんりつ》していた。

どういうことか――。

今日までの経緯を簡潔に整理すると、まず、月曜日に史奈ちゃんから《もう一度、久織さんと会うことになりそう》と連絡がきた。そして、私はなにが起きたのかと、慌てて史奈ちゃんに詳細を確認した。

彼女が言うには、仕事中に道端《みちばた》で久織さんに遭遇《そうぐう》し、食事をした日に忘れた傘を預かっていると言われ、それを受け取る約束を交わしたらしい。確かに、お見合いの日は一時的に強い雨が降っていた気がする。

私は一度会ってもらえば済むと思っていたから、二度も会う羽目にさせてしまって申し訳なくなった。が、私の心配をよそに責任感の強い史奈ちゃんは『たぶん大丈夫だよ』と言って、話が済んでしまった。

ふたりの待ち合わせは、それから三日後の今日。虎ノ門《とらのもん》ヒルズに六時半。

史奈ちゃんから事前に日時を教えてもらっていた私は、いてもたってもいられなくて、こっそり待ち合わせ場所に出向き、史奈ちゃんを見守っていた。

時間が過ぎても久織さんは現れず、その間に史奈ちゃんが若い男性に絡《から》まれたりしてハラハラとしていたら、彼女のもとにもうひとり眼鏡《めがね》を掛けた男性が現れた。

あとからやってきた男性は史奈ちゃんを守るようにして背に回し、なにやら言い合いをしている。そして、史奈ちゃんを抱き寄せて彼女に言い寄っていた男の人を追い払った。どうやら、史奈ちゃんはお礼を言っているみたい。

じっと様子を窺《うかが》っていたら、男性が史奈ちゃんの手を取り、歩き出す。史奈ちゃんも自らの意思で歩いているように見えた。

私は唖然《あぜん》としてふたりの後ろ姿を見つめる。

あの人は何者!?　史奈ちゃんは動揺も警戒もしていないようだった。一緒に移動していったってことは……あの男性が土曜日に会った人……とか？　そんなまさか。

あの人は間違いなく久織さんではない。上背《うわぜい》は久織さんと同じくらいかもしれないけれど、彼は眼鏡を掛けていなかったし、第一、あんなに柔らかく微笑《ほほえ》む人じゃなかった。どう考えても別人よ。

そのとき、史奈ちゃんが電話で言ってたことを思い出した。

史奈ちゃんはお見合いの日、久織さんについて『聞いてた感じの人じゃなかった』って言ってたかも……。

今になって彼女が無意識に発してくれていた危険信号に気づき、私は衝撃を受ける。

急いで電話しようと思っても、史奈ちゃんと一緒にいる男性の正体がわからないだけに、変な刺激を与えてしまったら……と余計《よけい》なことを考えすぎて動けない。

そうこうしているうちに、ふたりは人混みに紛《まぎ》れ、見失ってしまった。

私は震える手で、どうにか史奈ちゃんにメッセージを送る。

《史奈ちゃんが気になって、私も虎ノ門ヒルズにちょっと立ち寄ってみたんだけど、史奈ちゃんと一緒にいる人は久織亮さんじゃない》

メッセージは少しして既読になったものの、返信はない。

警察に相談するべき？　けれども、なんの確証もないのに騒ぎ立てて大丈夫なもの……？　史奈ちゃんは警戒していない様子だったから、連絡を待つべき？

私はとぼとぼと重い足取りで、通行の邪魔《じゃま》にならない場所へ移動した。ビルの下でスマートフォンと睨《にら》めっこ。史奈ちゃんが気になって身動きが取れない。

なんの変化もないスマートフォンを握り締めて時間が過ぎ、すっかり陽《ひ》が落ちていた。いよいよ勇気を出して電話を掛けようかと思ったときに、ポン、とメッセージ受信の音がした。画面の上部に新着メッセージの知らせが出て、すぐさまタップする。

《すぐ返事できなくてごめん！　とりあえず無事だから安心して》

史奈ちゃんの無事が確認できて、まずはほっと胸を撫《な》で下ろす。私が返信する前に、続けて史奈ちゃんからメッセージが送られてきた。

《家に帰る頃には遅くなって電話はできないと思うから、明日会えない？　いろいろ報告する件が》

〝いろいろ報告〟という文面に、緊張感が増す。だけど、明日でもいいってことは、急を要するものではないってことよね？　……すごく気にはなるけれど。

まずは《明日大丈夫だよ》とだけ先に送ると、また史奈ちゃんから続きがくる。

《結果だけ言うと、この間と今日、私が会っていた人は亮さんの弟さんだったの。彼が言うには私たちと同じ目的で弟さんが土曜日に来たらしくて》

お、弟……!?　あまりにびっくりして、危うく声を上げるところだった。

私は次々に浮かぶ疑問や言葉を投げかけたいのを堪《こら》え、明日の約束をするだけにとどめた。

史奈ちゃんとのメッセージのやりとりが終わり、その場で茫然とする。一気に脱力して、壁に凭《もた》れ掛かった。

向こうも同じ目的で代理を立ててた……って？　なんだ……。向こうも初めから結婚するつもりなかったんだ。

数分遠くを見つめていたあとようやく帰路《きろ》につき、ぼんやりと思考を巡らせる。

代わりを立てるほど私と会うのが嫌だったのね。もしかしたら、『私』というよりは『女性』と……っていうほうが正しいのかな。

いずれにせよ、今回のことで、まともに話したこともない相手に全力で避けられるって、意外に傷つくとわかった。同時に、私も同様のことをしたのだと思うと微《かす》かな罪悪感を抱く。もっとも、亮さんは女性が鬱陶《うっとう》しそうだったし、傷ついてなんかいないかな。それなら、相手もその気はなかったとわかったわけだし、私も喜んでおけばいいんだよね。

そう言い聞かせても、なぜか心は晴れない。

私は電車に乗ってから、おもむろにスマートフォンを取り出した。ネットを開き、検索ボックスでカーソルが点滅している中、指を宙に彷徨《さまよ》わせる。迷った末に〝久織建設　久織亮〟と入力した。

結果が表示され、目を凝《こ》らす。ウェブ版経済紙のバックナンバーに彼の名前を見つけ、ページを開いた。

〝古き良き時代を否定はしないが、今の時代に合ったやり方で効率重視していく〟

見出しを一読して固まった。彼へ抱いた第一印象そのままだったから。

良くも悪くも正直な性格っぽい彼の言動は、きっと嘘偽《うそいつわ》りがない。でも、私みたいななんにでも委縮する人間には刺激が強すぎて……。

そのあとも、彼が語る理想の経営論から、とても博識でカリスマ性に富んだ人物だと感じ取れた。ほかの記事を開いたら、彼が写った画像を見つける。写真でさえも笑顔を見せず、クールな表情をしていて私は無意識に緊張していた。

記事を隅々《すみずみ》まで読み耽《ふけ》ったところで駅に着き、私はそっとスマートフォンを閉じた。

翌日、仕事が休みだった史奈ちゃんとイタリアンバルで落ち合った。

彼女からは、弟の誠也《せいや》さんが兄・亮さんの頼みでやってきたと改めて説明され、あっさりとその話は終わった。

九時過ぎに史奈ちゃんと別れ、駅に足を向けたときにスマートフォンが振動した。

着信画面を見ると父。

社会人になってから門限はなくなったはずだけど、ほかに電話の理由が思い浮かばず、びくびくしながら応答する。

「も、もしもし？」

『ん？　お前、家じゃないのか？　てっきりもう家でゆっくりしてるのかと』

やっぱり時間が遅いのを注意されるのか、と思って肩を竦《すく》めた。人混みを避け、歩道の隅に立ってぼそぼそと答える。

「あ、うん。これから帰るところ。友達とご飯食べてて……。パパはまだ会社？」

『ああ。まだ帰れなさそうだから、先に電話で手短に伝えようかと思ってな』

「え？　なに……？」

わざわざ電話を掛けてきてまで、今日中に話したいことって？

お見合いの件以来、父から改まって話をされるとなると、つい身構えてしまう。

『今朝、久織建設のグループ会社、久織設備の社長——亮くんの弟・誠也くんが会いに来た。亜理沙、驚かないで聞いてほしいんだが、この間の食事は彼が代役で来ていたそうだ』

驚きを隠せずに息を呑《の》む。

代役についてはもう知っている。けど、誠也さんが父のところへ……って、なぜ？

史奈ちゃんからは、無事に破談《はだん》にして終わったと聞いてるのに。

『お前の驚く気持ちは痛いほどわかる。わたしも彼の話を聞いて度肝《どぎも》を抜かれたよ』

私の動揺は電話越しにも伝わったらしい。ただし、困惑の理由は勘違《かんちが》いしているみたいだけど。

話の続きを聞くのが怖くて黙り込んでいたら、心の準備をする間もなく父は続ける。

『誠也くんはお前をいたく気に入ったようで縁談の話を進めさせてほしいと頭を下げに来た。本来候補に挙《あ》がっていたのは兄だが、どうしても、と鬼気《きき》迫る様子でな』

父の返答にさらに絶句する。もうなにも言葉が出て来ない。

どうなってるの？　責任感の強い史奈ちゃんが嘘をつくとは思えない。じゃあ、久織さんがなにか企んでる……？

「ご、ごめんなさい。もう電車に乗るから……あとで落ち着いてから……」

『ああ。そうだな。大事な話だ。またゆっくり』

どうにか平静を保って通話を終えたものの、頭の処理が追いつかない。目の前がぐるぐる回ってる。

おもむろに顔を上げたとき、数メートル先から駆け寄ってくる史奈ちゃんが視界に入った。

「史奈ちゃん……！」

なぜここへやってきたのかを考える余裕もなく、息を切らしている彼女に飛びつくようにして捲《まく》し立《た》てる。

「史奈ちゃん！　今、パパから電話がきてね？　先方が私をいたく気に入って、ぜひ話を進めさせてほしいって言ってるって」

私は史奈ちゃんがなにか言いかけるのも遮って、今しがた父から聞かされた事実を話し、問い質《ただ》す。

「史奈ちゃんはさっき断ったって言ってたし……。じゃあ、誠也さんはいったい何が目的でこんな話を……？」

瞬間、史奈ちゃんが「亜理沙、ごめん」と頭を下げた。彼女の謝罪はなにに対してなのか、皆目《かいもく》見当もつかない。私は黙って彼女を見つめるだけ。

「ごめんなさい。私、言えなかったことがある。本当は昨日彼に、自分は久織亮の弟だって説明されたあとで『正式に婚約して欲しい』って言われたの。でも、私は『できない』って断った」

「それで……彼はなんて？」

「……あきらめられないって。チャンスをほしいって……言われて」

まさかそんな大変なことになっていたなんて。

未《いま》だに頭を下げ続ける史奈ちゃんを見て、軽い気持ちでお願いして巻き込んだ自分を責めた。

誠也さんが積極的なのは、なにか裏があるからかもしれない。久織さん兄弟がなにを考えているかわからないだけに、この先はもっと慎重にならなきゃダメ――。

私は彼らを疑い、父の会社に対する下心があるかも、と説明して彼女に謝った。

「史奈ちゃんひとりで悩ませてたんだね。ごめんね」

そう言った直後、逆に史奈ちゃんから再び謝られた。こちらが「私のほうこそ！」と返すや否や、胸に迫るような眼差《まなざ》しを向けられる。

「違うの。まだ亜理沙に伝えてないことが残ってる。私、彼を……久織誠也さんを、好きになっちゃったの。好きだから冷静に捉《とら》えられていないって思われるのはわかってる。でも……」

彼女の『好きになっちゃった』というひとことに、この日一番の衝撃を受けた。

史奈ちゃんを見れば、とても真剣な目をしている。

それじゃあ史奈ちゃんは好きな人に告白されたのに、自分の恋心を押し込めて断ったの？　私を優先して……。

ずっと一緒にいた大事な友達が、本気で恋をしてる。

彼女の気持ちに触れた私は、これまでの甘えていた自分を律さなければと思った。

「そういう事情なら、なおさら私はすぐに婚約の申し入れを断ったほうがいいわよね」

「え……」

「さっきは私、動揺もしてたし、パパへは『もう電車に乗るからあとで』って話を中断させたの。帰ったら私はそういう気はないって言うわ。史奈ちゃんは彼に本当のことを話して」

私が言える立場じゃないのはわかってる。けれども、彼女が本音をぶつけてくれたことがうれしかったから。

「いいの……？　亜理沙と亜理沙のお父さんの立場が悪くなるんじゃ……」

不安そうに瞳を揺らす史奈ちゃんの手をそっと包み込んだ。

「いいの。元はと言えば私のせいだし……。それに、史奈ちゃんの力になりたい」

私も逃げてばかりじゃいけない。

そう気づかせて背中を押してくれる存在の彼女は、やっぱり私にとって唯一無二《ゆいいつむに》の親友だと思った。


史奈ちゃんとお互いに『ありがとう』と感謝を伝え合って帰宅した、その夜。

私は自分を奮い立たせ、父と話し合いをした。

父は『結婚するなら、一生大事にしてくれそうな相手がいい』と、誠也さんとの婚約にやたら前向きだった。まさか誠也さんとの縁談を勧められるとは思っていなかったから、私は『体裁のために一度顔を合わせただけでその気は初めからない』と伝えるのが精いっぱいだった。

本来なら、久織さん兄弟と同じく私も黙って顔合わせに代役をお願いしていた事実も懺悔《ざんげ》するべきとわかっていた。けれど、父は本当に誠也さんを気に入ったらしく、婚約の申し出を断られたことにがっかりするだけじゃ飽き足らず、『すぐ決めずに少し考えたらどうだ』と食い下がられたほど……。

結局私は、自分がついてしまった嘘を切り出せず、口を噤んでしまった。

翌日も、代役について切り出そうとしたけれどうまくいかなかった。


心につかえを抱えたまま迎えた月曜日。

あれからさらに史奈ちゃんからメッセージで不運な報告をされ、気持ちが落ち込んでいた。

なんでも彼女が自らお見合いの事情を誠也さんに告白する前に、またもや仕事中に遭遇して、自分の正体が不本意な伝わり方になってしまったらしい。昨夜、電話で史奈ちゃんは気丈《きじょう》に振る舞っていたけれど、ひどく傷ついているのが伝わってきた。

どうにか史奈ちゃんの力になりたい。

そう思うも名案があるわけでもなく、月末処理で休日出勤をしたくらい仕事に迫われていたせいで策を練る時間もなかった。

そして、今日は月初めの月曜日。次々と処理する作業が山のようにあって引き続き忙しい。朝からずっと、請求書やら郵便物やらとひっきりなしに向き合っていた。

「大迫さん。あとで郵便局までお願いできる？」

「はい。お昼前には行ってきますね」

ふたつ返事で承諾し、データ入力のピッチを上げる。

私は当初、社内では社長の娘だという色眼鏡で見られがちだった。

先輩や上司も私への接し方に戸惑っているのが伝わってきたし、仕事の振り分けも遠慮《えんりょ》されてると肌で感じていた。それが嫌で悩んでいたときも、相談に乗ってくれたのは史奈ちゃんだった。

彼女から『亜理沙は少しオーバーなくらい主張したほうがいい』と言われ、自ら先輩に声を掛けて仕事をもらいにいったし、積極的に同期の輪にも入っていった。男性社員とはやっぱり若干《じゃっかん》距離はとってしまったけど、代わりに頑張ってできる限り仕事のフォローをして回った。常に動き回る私に周囲は見る目を変えてくれて、次第に接し方が特別扱いじゃなくなった。それがとてもうれしかった。

今ではこうしておつかいも気軽に頼まれたりして、仕事は楽しくて毎日充実してる。一段落して時計を見れば、十一時半。なんとかギリギリお昼前に行けそう、と頼まれていた郵便物を抱えてオフィスを出た。

六月に入り、暑くなるのと同時に湿度も上がってきた。じめっとした風にさらされながら、最寄《もよ》りの郵便局へ向かう。道中、反対側の歩道に咲く青い花が視界に入った。きっとあれは紫陽花《あじさい》だわ。梅雨《つゆ》は苦手だけど、紫陽花は好き。水彩絵の具を溶かしたような淡い色合いに癒される。

よそ見をして歩いていたら、ドン、と誰かと肩がぶつかった。

「す、すみません」

すぐさま謝り、ちらっと相手を見上げる。目が合った瞬間、硬直した。

すらりとした長身。質の良さそうなスーツ。そして整った顔立ち——久織亮さんだ。

「ん」

瞬きもできずに止まっていたら、彼は一枚の封筒を拾い上げてくれた。

私は錆《さ》びた玩具《がんぐ》みたいにぎこちなく手を動かし、なんとかそれを受け取る。直後、彼は颯爽《さっそう》と去っていった。

梅雨独特の匂いの中に、彼の香りを微かに感じた。渡された封筒を持つ手が小刻みに震える。

まさかこんな偶然があるなんて。動揺するばかりでお礼すら伝える余裕もなかった。

一瞬、彼の涼やかな目と視線がぶつかった。怜悧《れいり》な瞳は記憶通り。

たった一音だけの声は、間近で聞いたせいか、やけに耳に残ってる。低く艶《つや》のある深い声だった。

時間にしてたかが数秒で、会話という会話でもなかった。

それでも私は、オフィスに戻ってからも彼の余韻《よいん》を引きずっていた。


戻るとまもなく昼休み。私はなんとか気持ちを落ち着けて、お昼までの残りの時間を仕事に勤しんでいた。

「大迫さん。外線来てます。回しますね」

「え？　は、はい」

先輩から言われるまま、デスクの上の受話器を取る。

私宛に外線……？　私個人じゃなきゃ承《うけたまわ》れない仕事はないと思うけど……。

「お待たせいたしました。大迫でございます」

『もしもし。わたくし久織と申します。急な連絡をお許しください』

久織さん……!?

私は思わず受話器を凝視した。

だって、ついさっき会ったばかり。どうして彼が私のことを知ってるの!?　しかもわざわざ電話まで……。

心臓が痛いほど騒いでる。ちょうど時計の針は十二を示し、ランチタイムを迎えて周りが一気にざわめき始めた。

『もしもし……?　あの……久織設備の久織誠也です。大迫亜理沙さんですよね？』

「あっ……!　は、はい。大変失礼いたしました。さようでございます」

慌てて取《と》り繕《つくろ》うも、胸はまだドキドキと騒いでいる。

亮さんではなく誠也さんだったのね。突然だったし電話なのもあって勘違いしちゃった。冷静になれば、初めの受け答えから兄の亮さんとは雰囲気が違ってた。

『常識からいえば職場まで連絡すべきではないとは思ったのですが、八方塞《はっぽうふさ》がりだったので……。大迫亜理沙さん、わたくしにお力をお貸し願えませんでしょうか』

彼からそう切り出されて、はっとした。

せっかく誠也さんから連絡がきたのだから、このチャンスを活《い》かして私がどうにかふたりの架け橋になってあげられたら。

「あ、あの……私もちょうどお話があります。ですので、こ、こちらこそ……よろしくお願いいたします」

気づけば電話だというのに、思い切りお辞儀《じぎ》をしていた。はたと周りを見回すも、私のほうを誰も見ていなかったのでほっとした。

『ありがとうございます。では、急で恐縮ですが本日退勤後はいかがですか』

「はっ、はい。大丈夫です」

そうして私は誠也さんの連絡先を聞き、待ち合わせの約束をして電話を終えた。


ようやく終業時間を迎え、私はオフィスを勢いよく飛び出た。

ものすごく緊張しながら誠也さんと合流し、史奈ちゃんの職場近くまで案内する流れになった。

史奈ちゃんは、正体こそバレたものの、まだ誠也さんに気持ちを打ち明けられていない。

誠也さんを好きって話してくれたときの彼女は、本当に可愛《かわい》かった。

いつもきりっとした印象が、彼を思い出しては頬《ほお》を赤らめたり、きらきらした顔で彼のことを語ると一変する。それを目の当《ま》たり《あ》にして、心から応援したくなった。

そのためなら、男の人が得意じゃなくったって、誠也さんを史奈ちゃんのもとに導くくらい頑張れる。

そう意気込んで、私は道々、精いっぱい経緯を伝えた。

自分は男性に苦手意識があり、それもあって亮さんとのお見合いを、史奈ちゃんを巻き込んでまで避けてしまったこと。父は誠也さんを気に入っていて、縁談に前向きになってしまっていること……。

誠也さんは史奈ちゃんが言った通りとても穏やかで、驚くほど話しやすかった。

たぶん、私の大好きな友人を心から大事に想ってくれている、と感じ取れたからかもしれない。

「私が初めから勇気を出せていたら……史奈ちゃんを巻き込まずに済んだんです」

罪の意識が大きくなって、堪えきれずにぽつりと零した。すると、誠也さんは莞爾《かんじ》として笑い、やさしい声で言う。

「もしもそうしていたら困ります。だって、あなたが代役をお願いしていなければ、僕は彼女と出逢《であ》えなかったのだから」

柔らかな空気を纏う彼に、私は意を決して一番伝えたかった気持ちを口にする。

「あ……の！　どの立場で言うのって話なのですが。史奈ちゃんは私やあなたの事情を全部ひとりで抱えて動けずにいて……。ですから……誠也さんから史奈ちゃんに歩み寄ってみていただけませんか？　史奈ちゃんへの想いが本物なら……」

私なんかが偉そうなお願いしてるって自覚はある。そう思われてでも、史奈ちゃんの幸せを願わずにいられなかった。

誠也さんは一拍置いて、はっきりと答える。

「はい。もちろん」

やさしく笑っていても、どこか芯の強い眼差しに心を打たれた。

互いが互いを強く大切に想ってる。ふたりからは、そういうものをひしひしと感じられる。

ああ。なんかいいな。胸の奥がじんわりと温かくなる感覚で、私まで幸福に浸ってしまいそう。

満足のいく答えをもらい、私は笑顔を返して、しばしの間無言で歩く。

史奈ちゃんの職場の近くまで来たとき、小さく尋ねた。

「もうひとつ……聞いてもいいでしょうか」

私の問い掛けに、誠也さんは「ええ」と快く返してくれる。時間を置くとまた言葉を出しづらくなりそうで、勢いづいて聞いた。

「あ、亮さんは……私が代役なんてことを企てて、ど……どんな反応をしていたのでしょう……？」

お互いお見合いの席を台無しにした私たちは、別にもうなんの繋がりもない。けれども、ずっともやもやとして気になっていた。

怒る……って感じではない。でも、冷淡な発言のひとつくらいしていたかも……。こっそり代役を用意してまで避けて。彼のプライドを傷つけたのではないか、とも想像してしまう。

「兄ですか？　実は兄はまだこのことを知らないんです」

予想外の返しに驚いていたら、誠也さんに微笑まれる。

「兄が怖かったんですよね？　確かに初対面であの雰囲気だと……逃げたくもなりますよね」

「い、いえ。そんなことは……」

図星《ずぼし》を突かれ、慌ててしまう。

誠也さんはそんな私の心情を見透《みす》かすようにこちらを見て、目尻《めじり》を下げた。

「一応フォローさせていただきますと、あの日のお見合いも、自分は棘《とげ》があって相手を傷つけるだろうと考えて、兄弟の中で温厚なタイプだから、と僕に代役を依頼してきたんですよ」

「え……」

「兄は淡白《たんぱく》かもしれませんが、非情ではないんです。いつか、なにかに熱くなる兄を見ればわかると思います」

淡白だけど、非情じゃない……？

私は誠也さんの言葉を噛《か》みしめて考えるものの、ピンとはこなかった。


その後、史奈ちゃんの会社付近で彼女を見つけ、ふたりが上手くいきそうなのを見届けて、邪魔しないように帰ってきた。

誠也さんの前の史奈ちゃんはやっぱりすごく可愛くて、そんな史奈ちゃんが素直に羨《うらや》ましかった。電車に揺られている間も、彼女の幸せそうな表情が頭から離れない。

身近な友人が恋に落ちて、悩みながらも輝く姿を見たから……？　感化《かんか》されているのか、胸の奥がまだ熱い。

ふいに誠也さんが言っていた言葉を思い出す。

「なにかに熱くなる……かあ」

彼の兄である亮さんも、やさしい顔を見せたりするのかな。それはなかなか想像しがたいものだけれど。

夜景が流れゆく窓に反射して映る自分を見て、気持ちが溢れてくるのを感じる。

私も変わりたい。変わってしまうくらいの恋をしてみたい。


その日から、私は自分が変われるように意識し始めた。

引っ込み思案なところと、すぐに泣きごとを言うのを改善する。まずはなによりも先に、中途半端《ちゅうとはんぱ》にしか伝えられなかったお見合いの話を父にしなくちゃ。

史奈ちゃんたちも上手くいって、ほとんど終わった話。けれど友人に代役をお願いしていた件をちゃんと謝って、まっさらな気持ちにならないと前に進めない気がして。

仕事で不在がちの父との時間が取れるまでに約半月近く掛かったけれど、決意は鈍らず洗いざらいを話して頭を下げた。

「亮さんが代役を立てていたように、私も友達に無理やり代わりをお願いしていたの」と両手をついて謝ると、父もさすがに衝撃を受けたらしく、「そうだったのか」とだけ言って黙り込んだ。てっきり激昂《げっこう》されるものと想定していたから、お咎《とが》めもなく話が終わって拍子抜《ひょうしぬ》けしたくらいだった。

それ以降、父はこの話題を口にせず四日が経った。

昨夜、史奈ちゃんから驚きの知らせを受けた。

今回の騒動で私の父を振り回した謝罪をするために、誠也さんとふたりでうちのオフィスへ訪ねて来る予定だ、と。

ふたりは巻き込まれた側なのだから、わざわざ私の父のもとに来てまでけじめをつけなくても……とびっくりした。けれど、真摯なふたりらしい判断だとも思った。

私の憧れの人は、そんなまっすぐな心を持つ史奈ちゃん。昔から今日まで、そしてこの先もきっとずっと変わらない。

彼女の近くで、私もちょっとずつでも変われていけたらいいな。

約束の時間は午後四時と聞いていた。しかし、手持ちの仕事が終わらず、結局私は四時半前にロビーでふたりが社長室から降りてくるのを待っていた。

エレベーターホールのほうからふたりの姿を見つけ、すぐに駆け寄る。

「史奈ちゃん！」

「亜理沙!?」

「ごめんね。本当はパパより先に会いたかったのに、急ぎの仕事が立て込んじゃって……。もう行ってきたんだよね？　大丈夫だったよね？」

私は史奈ちゃんの手を握り、彼女の返答をハラハラして待つ。

「うん。大丈夫だった。亜理沙がちゃんとフォローしてくれてたおかげ」

彼女の言葉に、全身の緊張が抜け落ちた。安堵して史奈ちゃんに笑いかける。

「だって私のせいだもの。少しでも史奈ちゃんの力にならなきゃ合わす顔がないわ」

史奈ちゃんは屈託《くったく》ない笑顔で「ありがとう」と言ってくれる。

そもそも無茶なお願いをしたのは私なのに、感謝までしてくれるなんて……。この胸の内をうまく伝える言葉が見つからない。

「誠也さん。私、ふたりを見守るくらいしかできませんが、ずっと応援しますから！」

自然と彼女だけでなく、誠也さんへも声を掛けていた。今までの私なら、きっと心の中で思っていても実際に口には出せずに呑み込んでいた。

ふたりはにこやかな笑顔で去っていき、私は高揚した気持ちを抱えてエレベーターホールへ急ぐ。

ちょっと仕事を抜け出してきちゃったから、早く戻らなきゃ。まずは請求書の検収の続きを今日中に終わらせて……。

史奈ちゃんを巻き込んだ問題も解決し、爽快な気分でエレベーターに乗り込んだ。

刹那《せつな》、滑り込むようにひとりの男性がエレベーターに乗り込んできた。私は男性の顔を見て衝撃を受ける。

艶のある黒髪、知的な眉《まゆ》や切れ長な目、通った鼻筋――。

この端正《たんせい》な顔立ちには見覚えがある。

久織亮さん……!? どうしてここに！

思いがけない人物と鉢合《はちあ》わせ、さらに逃げ場のない状況も相まってひどく混乱する。

すぐに顔を背けるも、彼からの視線を受け続けている気がしてならない。心音が耳のそばで聞こえる錯覚までしてくる。

それでもどうにか一社員として失礼のないよう、蚊《か》の鳴くような声で尋ねた。

「な……何階でしょうか」

「最上階まで」

彼は愛想《あいそ》もなくひとこと返す。私は引き続き細い声で「はい」と言うのが精いっぱい。ボタンに伸ばす指も震えてしまう。

三十五階のボタンを押し、次に自分の部署がある階数に手を伸ばした瞬間。

「ひっ」

ボタンに触れる前に右手首を掴《つか》まれ、心臓が大きく跳ねた。エレベーターが最上階へ上昇する中、私は身を竦めて硬直する。

なに？　なんで？　なぜ私の行き先ボタンを押すのを阻止するの？

完全にキャパシティを超えてしまって、立っている感覚さえ忘れる。にもかかわらず、囚《とら》われている手の感触と突き刺さる視線はひしひしと感じる。

いよいよ泣きそうになったところで彼が言った。

「ちょっと時間くれ」

ドクン、と大きく脈を打った。恐る恐る顔を上げ、涙で潤《うる》む瞳に彼を映し出す。

初めてまともに向き合った彼は、皮肉めいた笑みを浮かべていた。

「君だろ？　あの日、俺と同じく代わりをあてがったのは。弟からそんな面白《おもしろ》い話を聞いて、ついどんなやつかって調べたよ」

一瞬で血の気が引いていく。

もしかして、私みたいな小心者が謀《はか》ったから怒ってるんじゃ……。

怖い……なのに、彼から目を逸らせない。瞬きさえできない。

「この程度でこんなに震えてるわりに、随分大胆《ずいぶんだいたん》な行動をしたものだな」

「す……すみません、すみません……ごめんなさい」

追い打ちの言葉に、口から勝手に謝罪が零れる。恐怖心から涙《なみだ》が溢れ出る直前に、パッと手を解放された。私は滲んだ視界に彼を入れる。

「ま、そのくらい俺が嫌だったってわけか」

彼の見解は図星で否定できなかった。……ううん。そうじゃなくったって、恐怖で声も出せない。

嘘でも首を横に振っておけばよかったのに、もう今の私は判断力が低下している。エレベーターに乗ってどのくらい経ったのだろう。もう数十分も乗っている気さえする。彼から目を離せないために、現在は何階あたりかさえわからない。

凛々《りり》しい顔つきで穴が開くほど見られ、もう限界と思ったとき、目の前の彼が「ふっ」と相好《そうごう》を崩した。どこか無邪気《むじゃき》さを窺わせる笑い顔は、あの日のパーティーで見たものとはまったく違う。

「でも俺は結構《けっこう》気に入ったよ、亜理沙」

直後、エレベーターが最上階に着いた。彼は颯爽と降りていき、私はまったく動けぬまま、ドアが閉まっていった。壁に肩を預け、ずるずると膝《ひざ》を崩す。

あの人が発音した自分の名前を反芻《はんすう》する。それから、掴まれていた手首にそっと触れた。まだ胸がバクバクしてる。

私は彼がいなくなったことへの安堵よりも、数秒前に残していった笑顔の衝撃が大きくて、その日ずっと彼を忘れられずに過ごした。

2. 意識してる

どうして昨日は、亮さんがうちのオフィスにいたんだろう。

自宅だけでなく、翌朝駅からオフィスに向かう間もずっと、亮さんのことを考えていた。

最上階で降りていったのは、誰か重役の人と約束していたから……？　彼の会社とうちとは業種的にかかわりがある。不思議な話ではないのかもしれない。

そこまで推測して、ひとつの不安が頭を掠《かす》める。

三十五階には社長室もある。まさか父のところへ行ったわけじゃ……ないよね？

仕事にせよ私のことにせよ……父と顔を合わせればどうなるか。

誠也さんは誠実で好印象だったから許されたものの、亮さんは事情からすると主犯なわけだし、父もさすがに激怒《げきど》する気がする。

普段通りロビーを抜け、エレベーターホールでエレベーターを待つ。

いるわけがないとわかっていても、彼がどこからかやってきそうで周囲を意識する。

そんなわけもなく、何事もなく総務部に着いてほっとした。

自席に座り、髪を束ねる際バッグの中のスマートフォンがちらりと目に入った。

昨日、亮さんに遭遇した件を史奈ちゃんに即メッセージしたい衝動《しょうどう》に駆られた。

でも、昨日は父のもとへ謝罪に訪れ、無事に終えて安堵しているはずと思うと連絡できなかった。

気のおけない友人だからって、次から次へと相談事をしてたら疲れさせちゃうよね。

きっと以前までの私なら史奈ちゃんを頼っていたと思う。そうせず踏みとどまれたのは、彼女の状況を理解していたからだけではなく、自分も〝変わる〟と決めたから。

まずはすぐに人に頼るのをやめて、自分ひとりで向き合ってみよう。

私はおもむろに瞼を下ろし、早い鼓動を打つ胸に両手を添えた。

昨日は急なことで混乱したけれど、あんな偶然はそうそう起きないわよね。心配しなくても、きっと亮さんとはもう会う機会もないはず。

ゆっくりと大きく息を吐き、気持ちを切り替える。

その後、室内の朝の清掃をし、始業時間を迎えると得意先のお中元リストのチェックを始めた。

昼休憩目前、先輩の女性社員が部署に戻ってくるなり興奮気味に口を開いた。

「ねえ。今エレベーターで一緒になった人がいてね。超絶《ちょうぜつ》カッコいい人だったの！　やばいよ！　乗り合わせた女子、みんな釘《くぎ》づけだったもん！」

話しかけられた女性は、興味を引かれたのか手を止める。

「誰？　社内の人？」

「ううん。たぶん違うと思う。海外事業部の部長が丁重に案内してたから」

「へえ。みんな釘づけって、そんなに？　たまたま自分好みだったわけじゃなく？」

「違うってば！　もー本当、ハイレベルだったの！　目の保養になったあ」

大抵《たいてい》の女の子は、ああいう異性の話題に積極的に参加してる。けれども私は、なんとなくふたりの会話を耳に入れるだけで、特に気になりもしなかった。

そういえば、学生時代も私だけが恋愛話に馴染《なじ》めていなかった。みんなどうやって恋をしているのかな。

史奈ちゃんは言葉通り『恋に落ちた』って雰囲気だった。知らないうちに心惹《ひ》かれる相手が突然現れるって感じ……？　全然《ぜんぜん》ピンと来ないけど、そういう感覚を味わってみたいな。……なんて、ただでさえ男の人が苦手な私には難しそう。

心の中で苦笑しつつ、抱えていた作業を終わらせる。ちょうどそのタイミングで先輩に声を掛けられた。

「大迫さん。今、手空《あ》いてる？　海外事業部からコピー機の調子悪いって連絡があって。これから確認しに行って、必要なら修理の手配お願いできる？」

「はい。大丈夫です」

「もうすぐお昼だから、それ終わったらそのまま休憩していいよ」

「わかりました。行ってきますね」

私はすぐに席を立ち、海外事業部へ足を向けた。

上りのエレベーターを待っている間、腕時計を見た。十一時四十五分。先輩が言った通りもうすぐお昼。午前中は雑念を取り払うために意識して仕事に集中していたせいか、あっという間だった。

「失礼します。総務です。コピー機を見に来ました」

「お疲れ様です。こっちの機械です」

海外事業部に着いてすぐ、連絡をくれた社員が案内してくれる。歩みを進めた直後、ひとりの男性の声にドキリとした。思わず足を止めて確認するなり絶句する。

あっ……亮さん……!?

驚きのあまり目を見開いた。彼のそばには部長のほかに数人の社員がいたけれど、彼だけがひと際目立つ。

茫然と立ち尽くしていたら、ふいに彼の視線がこちらに向けられた。一瞬、確かに目が合った。が、私は咄嗟に顔を背けてしまった。

いけない……！　あからさまに避けて、よくない態度をとっちゃった。

心臓が大きく鼓動する。しかも、商談が終わったのか、彼が出口へと……私のほうへと近づいてくるのを足音や雰囲気で察する。

どうしよう。動けない。他の人がいる前で、なにか言われるかも……。

怖いのに逃げられない。

私はそろりと顔を戻し、彼の様子を窺った。

すれ違いざまに明らかに視線がぶつかったのに、彼はなにも言わず素《そ》っ気《け》なく通り過ぎていった。

刹那、昨日の言葉が頭の中に響く。

——『俺は結構気に入ったよ』

昨日と今日の態度が違いすぎて、動揺を隠せない。

「大迫さん。どうしたの？　こっちだよ」

「えっ。あ、す、すみません……！」

私は先を歩いていた社員に呼ばれ、そそくさとコピー機のもとへ急ぐ。

彼はすでにいないのに、なぜだか心は支配されたままだった。

そのあと、私も十分ほどで海外事業部を出た。

気分転換をしたくなって、戸外でお昼を食べることにした。今日は天気がいいし、オフィスの近くには小さな公園もある。

私は一度お弁当《べんとう》を取りに戻り、ロビーに降りた。

ところが、広い空間に多くの人が行き交う中で、またもや亮さんを見つけてしまった。彼はさっきとは別部署の社員と挨拶を交わしている。

こんなにたくさんの人がいて、彼だけが目に飛び込んできた。

やっぱり、私が過剰《かじょう》に意識しすぎているせい？　ううん、違う。亮さんは秀《ひい》でた容姿の持ち主だから、無意識に視界に入ってしまうのよ。なにも深い意味なんてない。

ロビーは賑《にぎ》わっているし、私に気づくわけない。だったら、私も素知らぬふりして外に出れば大丈夫よね。

頭ではそう考えていても、亮さんとの距離が近くなったら気になって、思わず彼を見てしまった。

ほんの一瞬のことだったのに、偶然か必然か彼はしっかりと私と目を合わせた。涼やかな眼差しを向けられ、硬直する。

気づかないふりを決めて素通りするつもりだった。それが、自ら彼を瞳に映してしまい、挙げ句に目を逸らせずにいる。

「それでは。失礼いたします」

私が立ち止まっている間に、亮さんはふたりの社員に挨拶し、軽やかに歩みを進めた。颯爽と先を行き、エントランスをくぐっていく。

確実に私を認識していた。さっきも、今も。そのうえで、まるで空気みたいに存在を無視され、なんだか悲しくなる。

彼はそういう人なのよ。あの人が女性に対して素っ気ないのは知っていたもの。彼の行動には些細《ささい》な疑問も違和感もない。当初のイメージ通り。だから、悲しく感じる必要はない。そう思っていても、ちょっと傷つく。

私は気を強く持って、エントランスを通り抜けた。

外は明るい陽射《ひざ》しでいっぱいだった。ちょっと蒸し暑さはあっても、青々とした木々が作る木陰《こかげ》を歩けば心地いい……はずなのに、心の中はどこか空虚《くうきょ》。

俯いた状態で公園へ入り、ベンチに腰掛ける。膝の上に置いたお弁当にも、手をつけず、しばし物思いに耽《ふけ》る。

あまり近づかれたら全身が硬直する。彼の威圧《いあつ》的な言動には委縮させられて、怖い思いをした。だったら、構われなくてよかったじゃない。

自問自答を繰り返しても、なかなかすっきりしない。項垂《うなだ》れた先に見えるのは、きちっと包まれたお弁当箱だけ。

そのとき、ふいに大きな影に覆われてそっと顔を上げた。

「昼、食べないのか？　亜理沙」

影を作っていたのは、一秒前まで私の思考を埋め尽くしていた彼――亮さんだった。

「え……なん……っ、なんで……」

しどろもどろになっていたら、亮さんは私の隣に座って長い足を組んだ。

「亜理沙がここ座って何分も経つのに、弁当広げる素振りないから」

エレベーターのときもそうだったけど、彼は驚かせる天才だと思う。今日は私を完全無視してたから、もう二度と話しかけられはしないと思っていたのに。

隣でじっと見つめられ、そわそわしてしまう。

「本当は亜理沙に嫌われてるみたいだから話しかけないで行こうとしたんだけど、お前、ここでまったく動かないから気になって。結局声掛けちまった」

彼の行動に意味なんかない。深追いしても翻弄《ほんろう》されるだけ。もっとも苦手なタイプだと自分でもよくわかっている。

けれど、お見合いを史奈ちゃんに代わってもらった私を、この人は笑って流しただけでなく『気に入った』とまで言ってくれた。

あの瞬間に見た彼の少年のような笑顔が、ずっと脳裏《のうり》に焼きついている。

私はお弁当をぎゅっと掴み、掠れ声でつぶやいた。

「あ、あなたこそ……私が嫌、なんですよね？」

オフィスであからさまに無視するくらいだもの。昨日の言葉の真意は、皮肉めいたものだったのかもしれない。

「俺が？　どっちかというと、好感持ってるほうだと思うけど？」

反射的に顔を上げてしまった。目の前の彼は、形のいい唇《くちびる》の端《はし》を上げている。

「かっ、からかわないでください……っ」

異性への免疫《めんえき》がない私の反応を楽しんでいるとしか思えない。

私はすぐさま俯いて、再びお弁当箱だけを視界に映した。

「未だに信じがたいな。これしきで顔を真っ赤にする亜理沙が、ねえ」

彼は私の顔を覗き込んで笑う。

なにも反応できずにいたら、亮さんはスッと立ち上がった。

「じゃあな。早く食べないと時間なくなるぞ」

私は彼の足音が遠ざかっていくのを感じ、ゆっくり視線を動かした。遠ざかっていく亮さんの背中を見て、ひとことでは言い表せない心情を抱く。

彼が『好感持ってる』なんて嘘を軽々しく口にするものだから……ついムキになってしまった。あの人といると、感情の起伏が激しくなって疲れちゃう。

すでに休憩時間は後半に差し掛かっている。

しかし、私はお弁当に手をつけず、史奈ちゃんへメッセージを送っていた。

自宅で夕食を済ませ、リビングでスマートフォンと睨めっこ。史奈ちゃんへ昼に送ったメッセージと、時間差できていた返信とをもう一度読み返す。
《実は昨日と今日、うちの会社で久織亮さんに声を掛けられたの。お見合いの件で怒ってはいない感じ……とはいえ、なんか掴みどころがないっていうか。思い出すともやもやして……》
《亮さんに？　そういえば私もこの間、誠也さんと待ち合わせしてたら偶然亮さんに会ったの！　聞いてた話より、怖くはない人だったな。そういえば、私が代役してたって知ったときも、声を上げて笑ってたよ。亜理沙、もやもやってなにか言われたり

したの?》
史奈ちゃんの文面を何度も目で追う。
笑ってたって……。じゃあエレベーターで、面白くてつい私を調べたっていうのは
やっぱり本当なんだ。
それを聞くと、史奈ちゃんの言う通り、第一印象の恐怖は薄れたかも……。だけど、
彼がそんなふうに声を上げて笑ってる顔までは想像できないな。
私は史奈ちゃんのメッセージでの質問の答えを途中まで入力したものの、全文クリ
アした。《好感持ってるって言われた》なんて、自意識過剰《じいしきかじょう》っぽい気がするし……。
結局私は、《特にこれといって……》と濁して送ってしまった。
スマートフォンをソファの上に置いて考える。
経緯や内容はどうあれ、私は彼を意識してるらしい。それも、悪い意味じゃなく。
頭の中は〝どうやって避けよう〟ではなく〝次会ったときはどんな顔をしたらいい
の〟と、微妙に受け入れる姿勢に変化してる。信じがたいけど興味を持ってる。それ
に気づき、自分に戸惑いを隠せない。
そのとき、玄関からドアが開く音がした。キッチンにいた母が父を出迎えに行く。
しばらくして、父がリビングに姿を現した。

「ただいま」

「おかえりなさい」

私は平常通り声を掛けつつ、こっそり様子を窺う。

昨日も今日も、特に変わりはなさそう。もしも亮さんと顔を合わせていれば、わかりやすい父ならなにかしら変化があるはずよね。

「まずはお風呂《ふろ》でしょう？　今、着替え用意してくるわね」

母が父の上着を受け取った直後、父は腰に手を当てて顔を顰《ひそ》めた。

「ああ。う、痛てて……」

「あら。どうかしたの？」

母が心配そうに尋ねれば、父は苦笑して答える。

「実は先週のゴルフのあとから腰の調子が」

「まあ。あまりひどくなるようだったら一度病院へ行ったほうがいいわ」

父も今年、五十代後半に入る。身体も若い頃のままとはいかないらしい。

バスルームへ向かう背中を遠目に見ていたら、スマートフォンから短く音が鳴った。

ポップアップ画面には《如月史奈》の文字。

私はメッセージ画面を開き、目を大きくした。

《さっき急遽《きゅうきょ》、久織建設行ってきたよ。私たちのこと、誠也さんのお父さんに認めてもらえたみたい。その場に亮さんもいたよ》

数行の中に情報が詰まりすぎ……！　まず、史奈ちゃんが久織家に認められたって話はうれしい報告。そして、そこに亮さんも……？

私は胸の中で忙《せわ》しなく巡る感情を落ち着かせ、返信をする。

《よかったね！　おめでとう。ところで……。亮さんって、史奈ちゃんに対してはどんな態度を取るの……？》

昼過ぎのメッセージでも史奈ちゃんは《怖くはない》って言ってた。しかも、笑ったところを見たみたいだし……。亮さんにとって史奈ちゃんは、他の女性と違ってどこか特別なのかな……。

そんなことを考えていたら、ポン、と着信音が聞こえた。

《どうかな？　実際今日会ったのが二回目だからよくわからないけど、思ったより喋《しゃべ》るし、笑うかな？　あ、でも誠也さんが言うには、しょっちゅう笑うタイプではないみたい。私はたまたま見れたのかも。亜理沙にはどうなの？》

喋るし、笑う……。おんなじだ。

《うん。私も一緒かな……》

そう返しながら、なんだか心がざわめいてスマートフォンを伏せる。

パーティーでは自分に話しかける女性を冷たくあしらっていたから、女性であれば誰に対してもそうなのだと思い込んでた。史奈ちゃんの前でも笑ったりすると知り、私は無意識に〝彼が私を特別扱いしている〟と思い込んでいたと気づく。

なんて滑稽《こっけい》なのかと、途端《とたん》に恥ずかしくなった。


数日が過ぎた日曜日。

あることを思い立った私は十一時前に家を出て、三十分ほど掛けて目黒《めぐろ》駅へやってきた。

あの日以降、うちのオフィスで亮さんを見ることはなかった。けれど、オフィス内や公園には彼の記憶が残っていて、一日だって彼のことを考えない日はなかった。

似た色のスーツや髪型の男の人を見掛けたら、つい亮さんかと思って立ち止まってしまう。そうして人違いとわかった瞬間、いつしか安堵よりもほんの少し落胆《らくたん》しているのを自覚して、ますます彼が頭から離れなくなった。

私はもう一度彼に会ったとして、なにを言ってもらいたいんだろう。

ひたすら考えごとをしながら、黙々《もくもく》と目的地へ向かって歩く。数十メートル先に鳥居が見えてきたとき、奥の路地からひとりの男性が現れた。

その人の鳥居の前での一礼がとても綺麗《きれい》で、知らぬうちに目を奪われる。しっかりと頭を下げて姿勢を戻したスーツ姿の男性は、人並外れた抜群《ばつぐん》のスタイル。

視線を顔へと動かした瞬間、目を疑った。

……嘘。私、ずっと考えすぎてたせいで幻覚を見てる……？

「亜理沙……？」

今しがた美しい礼をしていた男性――亮さんが、こちらを向き私に気づく。

私は狼狽えるあまり前にも後ろにも動けず固まった。すると、亮さんのほうから歩み寄ってくる。

彼との距離が近づくたび、私の心拍数が上がっていく。

「まさか亜理沙も参拝に？」

まともに顔なんか見られない。亮さんのネクタイの結び目までが限界。

「……はい」

彼の質問に蚊の鳴くような声でやっと返事をする。

「へえ。すごい偶然だな」

彼が踵《きびす》を返し、再び鳥居の前に移動するのを視界の隅で見る。二、三メートル空けて、私も鳥居前まで歩いていった。

隣に亮さんが立っているのはものすごく気になるけれど、私は背筋を伸ばし、神様に向かって深く一礼した。

亮さんは私が姿勢を戻すまで待って、おもむろに歩みを進める。私はおずおずと彼についていく形で境内《けいだい》に入り、参道の端を粛々《しゅくしゅく》と進んでいった。

どぎまぎしつつ、一歩先を行く亮さんをこっそり見上げる。

なぜか行動をともにする流れになってる。日曜日なのにスーツ姿なのは、参拝するにあたって正装を心掛けてきたのかな。

そう感じたのは、彼が参拝の作法をきちんと知っていたから。今も参道の中央を避け、先に手水舎《ちょうずしゃ》へ向かってる。

なんとなく神頼みするイメージがないから意外……。

私たちは手口を清め、ご神前へ行き拝礼する。手を合わせ祈り終えるまで、彼は一《いっ》切《さい》口を開かなかった。

ここが神社だからかな？　凛《りん》とした彼の雰囲気は今までとは少し違って感じられる。

手を戻し、再び頭を下げてご神前から退く亮さんにぽつりと零した。

「今日……久織さんは、なぜこちらへ……」

「俺？　新しいこと始めるときには、一応毎回神頼みに来てる」

新しいことって、やっぱり仕事関連？　亮さんが神頼み……。それも『気まぐれ』ではなく『毎回』と聞いたら、彼への怖い印象がさらに薄まった。

来た道を戻る亮さんに、躊躇いつつも意を決して声を掛ける。

「あの。わ、私は社務所へ寄りますので、ここで」

一緒に参拝をしようと誘われたわけでも約束したわけでもない。とはいえ、ひと声も掛けずに別れるのもどうかと思い、勇気を出して挨拶をした。

深々と頭を下げていたら、亮さんがさらりと言う。

「社務所？　じゃ、俺も行く」

「えっ」

心の中で『なんで？』と疑問が浮かぶ。

戸惑う私をよそに、亮さんは社務所へ方向転換する。

私には彼を引き留める力もなく、すごすごと彼のあとを追った。

社務所前に着くと彼はぴたりと立ち止まる。私は亮さんの前を横切って、そそくさと巫女《みこ》さんのもとへ急いだ。

「すみません。御朱印《ごしゅいん》をいただきたいのですが」

「初穂料《はつほりょう》三百円でございます」

私が巫女さんとやりとりしている際、亮さんは私の斜め後ろに立っていた。

御朱印をいただいている間も無言で落ち着かない。御朱印帳を待っている時間が長く感じられる。

数分後、御朱印を受け取り、私たちは参道へ戻った。

「なんか頼み事があって参拝しに来たのかと思った。御朱印か。耳にしたことはあるが、見たのは初めてだな」

横に並んで歩く彼が興味深げに口にした。私は視線を彷徨わせて答える。

「あ……頼み事はありました。父が腰を痛めてなかなか治らないみたいなので、家族の健康祈願を」

「ああ。腰痛ね。そういやそんなこと言ってたな」

「えっ！　父に会ったんですか!?」

彼が手を顎《あご》に添えてつぶやいた返答に、思わず立ち止まって大きな声で反応してしまった。

家での父は至って普通だったから、てっきりふたりは対面していないものだとばかり……。それなら、父の亮さんへの風当たりは相当強かったんじゃ……。

「そりゃ仕事となれば会うだろ」

私が愕然としていたら、亮さんも足を止め、しれっと答える。

仕事とは言っても……いったいどんな雰囲気の中、仕事をしていたの？　とても気になるものの、怖くて聞けない。

悶々としていると、亮さんが私の顔を覗き込んできた。

「もしかして、大迫社長と俺がうまくやってるか気になってる？　まあそうか。俺は大事なひとり娘との見合いを弟になすりつけた男だし。印象はいいわけないもんな」

彼は笑って皮肉交じりに言うと、私を一瞥《いちべつ》する。

「想定よりはきつい当たりはなかったよ。亜理沙のおかげで」

「私……？」

心当たりがまったくなくて困惑していたら、彼がニッと口角を引き上げた。

「亜理沙も俺と同じことしてくれただろ？」

なににも屈《くっ》しないような自信に満ちた笑みは、強烈に脳裏に焼きつけられる。

数秒、茫然としていたけれど、途中で我に返り、亮さんの言葉の意味を考えた。

亮さんと同じこと……？　と考え、真意に辿り着く。

彼はお見合いにこっそり代役を立てた話を言っているのね。私も亮さんも、お互い別の人をお見合いに行かせたから……。

「おかげで大迫社長も強く出られないようだったからな。でもま、これ以上嫌われたらさすがに仕事に影響出そうだし、おとなしくしておくよ。亜理沙も俺と見合い話があったってバレたら働きづらいだろ？」

亮さんはふいっと顔を背け、歩き始める。私は彼の背中を見つめ、はっとした。

「まさか……。それでオフィスでは私を無視したんですか？」

私がオフィスで噂されたり注目されたりしないように？

再びピタッと立ち止まった亮さんは、振り向いて不服そうに目を細めた。

「無視って。大人の対応って言ってほしい。そういや亜理沙は総務なんだな。まあ、陰で支える仕事は合ってる気がするわ」

彼は意地悪な笑顔のまま、私をちらりと見て言った。

オフィスで会ったときの冷たい態度から一変し、今目の前で笑っている彼に、心が動かされる。

思いがけない真実を知って、胸がドキドキと跳ねていた。

鳥居をくぐって神社から出た私たちは、どちらからともなく向き合う。

「では……」

私は亮さんに向かって頭を下げた。顔を上げるや否や、彼が一歩私に近づいてくる。

「このあとは家に帰るだけ？」

「え？　は、はい……そうですが」

そろりと長身の彼を仰《あお》ぎ見て、これまでのような恐怖感とは違う動悸《どうき》を感じる。

「じゃあ、もうちょっと付き合えよ」

亮さんはそう言って私の腕を掴み、神社の駐車場へ向かう。

私は急展開に頭が追いつかず、抵抗するのも忘れて腕を引かれるがまま。

こぢんまりとした駐車場に一台だけとまっていた車は、車に詳しくない私でも見たことのある高級車のエンブレムを付けていた。

「乗って」

そう言われてすぐに乗り込む順応性を、あいにく持ち合わせていない。

私は緊張と混乱で車の横に立つだけで、ドアハンドルにすら触れなかった。

「おい。まさか開けてもらうのを待ってるんじゃないだろうな？」

「え、ちっ、違……」

「まったく。ほら、満足か？」

亮さんは痺《しび》れを切らしたのか、私の声を遮るなりナビシート側のドアを開けてくれた。そこまでされたら断るわけにもいかなくて、私は亮さんに見守られる中、おどおどと車に乗り込んだ。続いて彼も反対側に回ってシートに腰を下ろす。

「す……すみません、すみません……次は自分で開けますから……ごめんなさい」

肩を窄《すぼ》めて下を向き必死に謝っていたら、隣からしゅるっと布擦《ぬのず》れの音がしてドキッとした。ちらりと目を向ければ、亮さんがネクタイを外している。

びっくりしていると、今度はシャツのボタンをひとつ開けたのでさらに驚いた。

ごつごつとした手指、男性らしさを表すくっきり浮き出た喉ぼとけ。彼の動き、身体のパーツひとつひとつにどぎまぎさせられる。

ふいに目が合って、慌てて顔を背けた。直後、今しがた見ていた大きな手で、頭をくしゃっと撫でられる。

「謝りすぎ。そんな野良猫《のらねこ》みたいに警戒して……懐《なつ》かせるまで骨が折れそう」

彼の手の重みに反応し、全身がカアッと熱くなる。私は俯いてぼそっと答えた。

「そ、そちらこそ……。野良猫に手を差し出すイメージ……なかったです」

あ……。今の、言いすぎちゃったかな。でも本当に意外だったんだもの。

「まー、どの猫でもいいわけじゃないからな」

亮さんの返答にきょとんとする。いまいち意味を理解できずにいたら、彼はニィッと口の端を上げた。

「警戒心が強ければ強いほど征服欲を掻《か》き立《た》てられる」

瞬間、私は青褪《あおざ》める。

私が本気で動揺していたら、車内に笑い声が上がった。

「冗談だよ、冗談」

可笑《おか》しそうにお腹《なか》を抱えて笑われ、また驚かされる。

史奈ちゃんの前でもこんなふうにして笑っていたのかな？

唖然《あぜん》とするのも束の間で、オフィスで声を掛けてきたのも今日誘ってきたのも、単純に私の反応で遊んでいるだけかも……と、複雑な心境になった。

それにしても、女性嫌いだと思っていた彼が女性である私とこうして過ごしているなんて。パーティーのときは、なにか事情があって冷たくあしらったとか……？　私が男の人を苦手なのと同じで、彼もまたなにか理由があるのかも……。

ひとり考え込んでいたら、亮さんからの視線を感じて思わず背筋を伸ばす。

彼はなにか閃《ひらめ》いたらしく、「よし」とつぶやき、車を出した。

約十分後。行き先を尋ねることもできないまま、渋谷《しぶや》に到着していた。

いったいどこに行こうとしているのかと不安にはなるものの、不思議と身の危険を感じるほどの恐怖感はなかった。

たぶん、私の中で亮さんのイメージが少しずつ上向きになっているからだと思う。

渋谷駅はいつも乗り換えで利用はしていても、それだけ。

休日に渋谷を訪れたのは高校生の頃、友達に誘われたきり。人混みには慣れていても、渋谷の街中はオフィス付近と比べ、雰囲気が違ってそわそわする。

亮さんが車を駐車場に入れ、エンジンを止めた。なにも言わずに降りたので、私も慌てて出る。

彼が足を向けたのは十階以上あるビル。おずおずとついていくと、亮さんはよく利用しているのか迷いもせずにエレベーターに乗り込み、最上階のボタンを押した。

最上階である十五階に着いてすぐ、上品な声が聞こえてくる。

「久織様。いらっしゃいませ」

亮さんの陰でこっそりと店内を観察する。どうやらここはレストランのよう。

「個室は空いてる？」

「少々お待ちくださいませ」

男性スタッフは恭《うやうや》しく頭を下げ、一度持ち場を離れた。

そういえばさっき、すぐに『久織様』って言われてた。やっぱり上得意客なのかな。高級そうなお店に土曜に予約なしでやってきて個室を希望って、なかなかできない気がするもの。

するとさっきのスタッフさんが笑顔で戻ってくる。

「ご用意が整いました。ご案内いたします」

店内に案内されるときに、私たちのあとからカップルがやってきた。何の気なしに目を向けたら、別のスタッフさんが厳粛《げんしゅく》に対応する。

「申し訳ございません。当店ではドレスコードがございまして」

ドレスコード？　ああ！　今日は参拝に行くために綺麗めな格好をしていたから大丈夫だったのね。もしかして、さっき亮さんが私をじろじろ見てた理由はこれかも。

私は車の中での彼の行動に納得しつつ、店内の奥へ歩みを進めていく。お洒落《しゃれ》な内装やインテリアに、次第に引き込まれた。

モノトーンを基調としたコーディネートは高級感がある。使用しているグラスやお皿まで、すべて細部までこだわっているのが伝わってきた。

きっと、このお店にインテリアコーディネーターの史奈ちゃんが来たら興味津々《きょうみしんしん》ね。

席に着いているお客さんが、ケーキスタンドを挟んで楽しそうに話に花を咲かせている。凝《こ》ったデザインのケーキに気を取られていたら、亮さんの背中にぶつかった。

「あっ……ご、ごめんなさい」

びくびくとして謝ると、彼は私を咎めたりせず不思議そうに返してきた。

「亜理沙にとっては、こういう店もそんなにめずらしくないんじゃないか？　大迫社長がいろいろな場所へ連れていってくれるだろ」

確かに父の立場は大手不動産会社の経営者だから、娘である私はお嬢様と認識されている。とはいえ、実際には父がパーティーや食事会に招かれた際にときどき同行する程度で、高級フレンチや有名な料亭も、会食などの特別な機会に行くのがほとんど。プライベートでは、もっぱら史奈ちゃんと手軽な居酒屋やバルを利用しているし、あまり贅沢《ぜいたく》はしていないと思ってる。亮さんは私と違って、普段からこういったラグジュアリーなお店を利用していそうだけど。

けれど、私はわざわざすべて説明するのも……と思い、「そうですね」と適当に相《あい》槌《づち》を打った。

スタッフさんが個室のドアを開けてくれた瞬間、足元から天井までの大きな窓から一望できる景色に圧倒される。あまりに開放的で、ここが人で溢れていた渋谷だと忘れるほど綺麗。

「のちほどご注文を伺《うかが》いに参《まい》ります」

私たちが席に着いたのを見届けたスタッフさんが、メニューを置いて去っていく。

再びふたりきりになり、緊張が戻ってきた。

動けずにいる私に、彼は無言でメニューを一冊差し出す。そろりと受け取ってメニューを開くも、まったく頭に入ってこない。

私はただ神社に参拝に来ただけなのに、どうしてこんなことに……。

「決まったか？」

「あ！　ええと……」

催促されたと感じ、あたふたしてメニューに目を落とすも、落ち着いて選んでいられない。彼の射るような視線を感じ、ますます焦る。あっちこっちと視線を飛ばし、ページを行ったり来たりしていたら、彼の口から大きなため息が落ちた。

「もういい、わかった」

辟易《へきえき》しているようにも感じられる声に委縮する。

彼は怯える私の手からメニューを抜き取って言った。

「嫌いなものは？」

「え？　なっ、ないです」

「肉と魚どっち？」

「さ、魚でしょうか……」

「オイル系パスタとトマト系パスタ」

「ト、トマトでお願いします」

一問一答《いちもんいっとう》を繰り返し、亮さんがメニューを開いて見せた。

「じゃ、このコースでいいな」

たくさんあるメニューの中から、私の希望に適《かな》ったものを選んでくれたみたい。

メニューを決めるために、わざわざこちらの好みを確認してくれたことに本当に驚いた。なんとなく、面倒《めんどう》くさくなって自分と同じものをオーダーしちゃうタイプだと思ってた。

ちょうどスタッフさんがグラスを持って戻って来た際に、亮さんはそつなくオーダーを済ませる。スタッフさんが退室すると、部屋がしんと静まり返った。

なにか話をしたほうがいいのかな……？　だけど、ここへ連れてこられた意図がわからないままじゃ、なにを言うにも不安すぎて。

気まずい気持ちを抱えて、そーっと顔を上げた途端、視線がぶつかった。とにかく間を埋めなきゃ、と焦りを滲ませていたら正面から小さな笑い声が聞こえてくる。

「面白いな」

私は意味が理解できず、首を傾《かし》げる。亮さんは優雅《ゆうが》にグラスの水を口に含み、ゆったりと椅子《いす》の背に身体を預けて続けた。

「用意された席ではお互い避けていたのに、今こうして俺たちが向き合って座っているなんて滑稽だろ？」

言われてみれば確かにそう。亮さんの気まぐれと私の彼に対するひそかな好奇心とが合わさって、不思議な時間を過ごしてる。

彼は長い足を組み、窓の外を眺める。

「恋人にしろ仕事にしろ、第三者に言われるがままっていうのは嫌だよな」

彼のつぶやきは、まるでひとりごと。それが耳に届いた私は、亮さんの顔色を窺いながら口を開いた。

「でも、あとを継ぐんですよね……？」

亮さんからは、自由奔放《じゆうほんぽう》な雰囲気が感じられる。決められたレールの上を行くのは不満ではないのかな。周りの目など気にせず、思うままに突き進んでいきそうなのに。

私が直球すぎたのか、亮さんはめずらしく目を丸くしていた。その後、長い睫毛《まつげ》を伏せて、僅《わず》かに口角を上げる。

「どうだろうな。正直そんな先のことまで考えてない。とりあえず、久織の仕事は国外にもあって規模も大きくてやりがいあるから、今のとこ辞《や》めようと思ったりはないな。案外性《あんがいしょう》に合ってるらしい」

先を考えてない……？　次期社長とも言われている亮さんが？

なんていうか、この人……良くも悪くも正直な人。目の前のことに興味を引かれれば、全力で打ち込む感じがする。逆に関心を持てない物事に対しては、まったく見向きもしなさそう。

「そこいくと誠也は……ああ、俺のすぐ下の弟な。あいつは逆に、あまりに先を見すぎてて俺とは正反対だな」

「お会いしたことあります。とても安心感を覚える人柄《ひとがら》の方ですね」

誠也さんと会って、史奈ちゃんが惹かれた理由がすぐにわかった。高圧的でもなく、下心も感じさせないやさしい人。あんなに短時間で警戒心を解《と》いた相手は初めてかも、と思ったほど。

ふと視線が纏わりついている気がして顔を上げた。途端に亮さんの熱い双眸《そうぼう》に捕まる。一瞬で意識を彼で埋め尽くされ、彼の唇が薄《う》っすら開いていくのを瞬きもせず瞳に映し出していた。

「ふうん。妬《や》けるな。亜理沙の友達も、亜理沙も……あいつを選ぶのか」

不敵な笑みの奥に、どんな感情を抱いているのか皆目見当もつかない。

「……久織さんは……そもそも女性を嫌悪《けんお》しているのでは？　多くの女性に慕われているのにもかかわらず、ご自身で切り捨てておいて『妬ける』だなんて」

うっかり秘めていた感情を零してしまい、瞬時に我に返った。

今の言い方じゃ、彼のことを嫌っていると言ったも同然よね？　ど……どうしよう。

絶対、亮さんの怒りを買っちゃった。このまま食事なんてできる空気じゃない……。

しかし、私の意に反し、彼は一変して満足そうに笑みを浮かべた。

不可解な反応にますます戸惑っていたら、亮さんはおもむろに人差し指を立てる。

そして、私を見据《みす》えて言った。

「俺に興味あるんだな」

「えっ……」

「〝嫌い〟な感情には二種類ある。ひとつは〝無関心〟もうひとつは〝意識〟――」

亮さんの見解を聞き、はっとした。彼はしたり顔で続ける。

「亜理沙は後者だろ？」

自信に満ちた眼差しで言い切られ、カアッと頬が熱くなる。

否定しなかったのは、声が出なかったわけではなくて、彼に私の奥底にあった本心を言い当てられたから。はっきりと言葉にされて、自覚せざるを得なくなった。

彼の問いに答えられない時点で、肯定しているのと同じ。

亮さんはきっと頭脳明晰《ずのうめいせき》で理知的な人。今、私がなにを思っているかさえ見透かしていそう。そう考えると、私はますます恥ずかしくなった。身体中が火照《ほて》って熱い。

そこに、店のスタッフさんが前菜を持ってやってきてほっとした。

亮さんと目を合わせないようにしつつも、やっぱり気になってひそかに見てしまう。

普段の言動は強引でちょっぴり乱暴な印象の亮さんだけど、優美《ゆうび》にナイフとフォークを扱う様に品格が漂っていた。

無意識に見惚《みと》れていたら、亮さんに言われる。

「食べないのか？　それとも車のときと一緒で食べさせてもらうの待ってんの？」

「い、いいえ！　いただきます」

私は慌てて、カトラリーを手にした。

テーブルマナーは習得していても、緊張して失敗しそう。

慎重に料理を口に運んでは、時折さりげなく彼を観察する。そして、亮さんの視線がこちらに向きそうになれば、料理に没頭しているふりをした。

瑞々しいサラダを口にして考える。

さっき勢い余って『女性を嫌悪してるのでは』と言ってしまったとき、亮さんは否定も肯定もしなかった。

私が彼に抱いた第一印象は思い過ごしだったの……？　だって、女性である私とこうして食事をしているってそういうことよね。だけど……彼の冷たい態度をこの目で見たのは事実だし、やっぱりどこか警戒しちゃう。

私はますます彼のことがわからなくなり、食事の間中、困惑していた。


レストランでは、あのあとも少し会話した。とはいえ、私が気の利いた話題を持ち出せるわけもなく、彼もまた場を盛り上げるタイプではないため、静かな食事だった。

支払いは私が手間《てま》取っている間に、亮さんがさっさと済ませてしまった。

駐車場に戻る道すがら、頑張って声を掛ける。

「す、すみません。もたもたしてしまって……。おいくらでしょうか……？」

「は？　いらないけど。それより、家どこ？」

えっ。いらないって言われても……困っちゃう。しかも、家の場所……？　もしかして、送ってくれようとしているの？

私はものすごく戸惑って、消え入りそうな声で辞退した。

「あ……あの。私、電車で」

「いいから」

『電車で帰りますので』という短いセリフでさえも、最後まで言わせてもらえなかった。言葉を遮られ、気後《きおく》れしてしまった私は黙り込む。

そこに規則的な電子音が響き渡った。どうやら亮さんのスマートフォンみたい。

電話が掛かってきているのは明白なのに、なぜか亮さんは出ようとしない。

「あの……お電話ですよね？　出られたほうが」

これだけ長く鳴らしているのだから、急ぎの用件なのでは？　と心配になって声を掛けた。私の言葉で彼は渋々ポケットからスマートフォンを取り出し、応答する。

亮さんは、仕事の用件なのか、凛々しい横顔で真剣に話をしていた。なんだか込み入った話をしている気がする。

私は彼が背を向けたときに自分のバッグの中を探《さぐ》った。手帳とペンを取り、一筆添《いっぴつそ》えて一枚破る。そして、その紙を電話中の亮さんの手にそっと渡した。

きょとんとした顔の彼を一瞬だけ見て、声を出さずに『失礼します』と口を動かす。

ガバッと頭を下げ、そそくさと立ち去った。

私は慣れない渋谷の人混みに紛れ、「ふう」と息を吐いた。

ようやく呼吸がまともにできた感覚……。それにしても、亮さんでも驚く顔をするのね。初めて見た。

胸に手を当てると、未だにドキドキ鳴っている。

逃げてきてしまった。だって、家まで送ってもらったりなんかして、家族と鉢合わせしたら洒落にならないもの。

自分の行動を強引に正当化し、追ってくるはずもない彼を気にして速足で駅に向かう。

約三十分後に自宅に着き、すぐ自分の部屋に入った途端、力が抜け落ちた。床に膝をつき、上半身だけベッドに沈ませる。

帰ってくる間ずっと、頭の中は亮さんのことばかりだった。これまで、こんなにも気になる人はいなかった。

デートもした経験がないから、男の人の車に乗ったのも、ふたりきりで食事をしたのもすべてが初めて。どっと疲れた。……でも、苦痛とは違った。

ナビシートから見る彼の横顔も、食事中、瞼を伏せたふとした顔も、私と話して笑った顔も……頭の中で再生される亮さんの映像に胸が高鳴る。

私は布団《ふとん》を、きゅっと握る。

亮さん、今頃怒ってるかな。

あのとき手渡したメモには、ひとこと『ごちそうさまでした。電車で帰ります』と書いた。ほかにいい案が浮かばなくて、素っ気ないとは承知のうえだった。

わざわざ家まで送ってもらうのも気が引けて……っていうのは建前《たてまえ》で、あれ以上は一緒にいられなかった。なんかこう……心臓がずっとうるさくて。

胸の内に収めきれなくなった感情を乗せて息を吐いた。

どうしよう。考えないように、と思えば思うほど、彼が頭に浮かんできちゃう。

私はついにひとりで抱えきれなくなり、堪《たま》らず史奈ちゃんにメッセージを送った。

彼女が今は仕事中だとわかっていても、とりあえず自分の感情を整理して文字にするだけでも、気持ちを落ち着けられた。

数分後、思ったよりも早く返信がきた。どうやら史奈ちゃんは遅めの昼休憩らしい。

《亮さんと神社で偶然？　なんかそれってもう運命的な話だね。って、亜理沙は亮さんのこと苦手なんだもんね。ごめん》

史奈ちゃんとメッセージをやりとりしていると、いつも心が楽になる。

私はちょっと冷静になって、率直な気持ちを文章にして送った。

《本音を言うと、今は悪い人じゃないって思う……。そのせいか、暇さえあれば気になったりしてて……あ。嫌な気持ちとは違うの。でも会ったら尋常《じんじょう》じゃなく心臓がバクバクしちゃって》

うっかり亮さんを思い出したらまた動悸がしそう。なるべく考えないように、平静を保たなきゃ。

懸命に自分を律していると、すぐに史奈ちゃんからメッセージがきた。

《気になったり心臓が……って、もしかしてそれ……恋じゃない？》

一行の疑問文に思考が停止する。

しばらく彼女の返信内容を目に映し、無意識につぶやく。

「……恋？」

頭の中で何度もそのワードを繰り返す。

恋？　私が？　亮さんに？

二十四年間恋に落ちたことがないから、実感がない。

でも、私の顔はたちまち熱くなっていって、さらには胸がドキドキと騒いでいた。

3. 嫌いじゃない

恋ってもっと、初めから『好き』って気持ちが前面に出てくるものと思っていた。まさかひとことでは表現できない複雑な感情だったなんて……。

昨日史奈ちゃんに言われてからというもの、いっそう彼の記憶を呼び起こす時間が増えた。月末を迎えて忙しい時期だというのに、仕事中でさえ隙《すき》あらば亮さんが浮かんでくるのだから重症《じゅうしょう》だと思う。

曇天《どんてん》模様《もよう》をぼんやり眺めてお昼休憩を過ごし、仕事に戻る。デスクに着くなり、先輩に話し掛けられた。

「大迫さん、今日一時間残ってもらってもいい？　私、オンラインバンクの作業に追われててノルマ終わらなさそうで……あ～、ひとり欠勤してるのが痛いな」

「はい。大丈夫です」

今日は社員一名が、お子さんが胃腸炎《いちょうえん》に罹《かか》ったために欠勤していた。理由が理由だし、私たちで頑張らなきゃ、とふたつ返事で了承する。

直後、後ろからポンと肩を叩かれた。振り返ると同期の女子社員、澁谷《しぶや》さんがいる。

「大迫さん、お客さんよ。しかもすっごいイケメン。たぶん社外の人だと思う。あれだけの容姿なら社内にいれば目立って噂されてるはずだもん」

「お客様？　私に？　わかった。ありがとう」

それも、社外のイケメン……？　単純な情報に、私の脳はすぐに亮さんを浮かべてしまう。

ううん。彼のはずがない。昨日本人から聞いたもの。〝大人の対応〟をしてるって。私がオフィスに居《い》づらくならないため、って。

私はドアへ向かう間、期待する心を必死に理性で制止していた。

廊下に出てドアを閉めた瞬間、それらすべてが真っ白になった。

艶のある黒髪。知的な眉、怜悧な目。長い睫毛を伏せて、腕時計を気にしている男性は……紛れもなく本物の亮さん。

私は動揺が大きすぎるあまり、言葉も出せない。

彼はおもむろに射るような視線を私に向け、近づいてくる。

「ここに法務課もあるんだろう？　そう聞いて来たんだけど」

「え？　はっ、はい。今、担当者を呼んで参ります」

うちの会社は総務部の中に法務課がある。慌ててスイッチを切り替え、仕事モードに徹《てっ》した。担当に繋ごうと、今しがた閉めたドアに手を伸ばしかけたとき、首を捻《ひね》る。

なぜわざわざ私を呼び出したの……？　法務課に用事があるなら、初めからそちらの担当を呼べばいいはずなのに。

すると、亮さんは私の手首を掴み、ひっそりとささやく。

「っていうのは口実」

彼は踵を返し、私を引き連れ、ひと気のない廊下《ろうか》へ足を進める。私は困惑しつつも、彼に手を引かれるまま移動させられた。死角《しかく》になる廊下に引き込まれるや否や、次は腕を掴まれる。壁に押しやられ、彼の身体で閉じ込められた。

「昨日はよくも逃げてくれたな？」

彼は私に影を落とし、低い声で言った。戦慄した私は肩を震わせ、涙声で謝罪の言葉を絞《しぼ》り出す。

「ごめ……っなさ……」

ここまで大きな怒りを買うとは思わなかった。

きつく目を瞑《つむ》り、身体を硬直させる。

「今日は何時まで？」

ふいに突拍子もない質問を投げかけられ、おずおずと亮さんを見上げた。

至近距離で視線を向けられれば、勝手に心が揺さぶられる。瞳がじわりと潤むのも、恐怖心とは異なる。

胸の奥がきゅうっと締めつけられて――。

そのとき、自分の変化に気づいた。

私さっき……亮さんが会いに来てくれて気持ちが浮上していた。もっと言えば、その前から『もしかして亮さんかも』って期待していた。

私がなにも答えないものだから、痺れを切らした亮さんは再度繰り返す。

「聞いてた？　仕事何時に終わる？」

強烈《きょうれつ》な気持ちを自覚すると、彼を直視できない。私は堪らず顔を背け、両手を合わせ握って答える。

「あ、あの、月末の処理に追われていて……今日は六時の予定です……が」

「そう。わかった」

わけがわからないまま、そろりと視界を広げていき、彼の耽美《たんび》な顔を見つめる。目が合った直後、スッと鼻先を寄せられて咄嗟に視線を落とした。

彼は私の耳介《じかい》に触れるか触れないかのところで口を開く。

「亜理沙。覚えておけよ。次は逃がさないからな」

直接耳の奥に落ちてきた艶のある音に、小さく身を震わせる。刹那、掴まれていた腕を解放された。しかし、私の心臓は変わらず激しい脈を打ち続けている。

翻弄されるだけで、私は離れていく彼を追いかけられずにいた。ようやく時間差で足が動くようになって、亮さんに続いて総務部の方向へ戻る。

「あら？　亮じゃない？　奇遇《きぐう》ね」

先を行っていた亮さんが、前方からやってきた女性に声を掛けられていた。慌てて通行人を装い、視線を足元に落とす。

「佐枝《さえぐさ》」

亮さんの声につられ、一度女性に目を向けた。

モデル並みのスタイルに、知的な顔立ち。この女性、以前にも社内で見た気がする。

『佐枝』……あ。佐枝ITソリューションズの。噂で『SITS』の社長のご令嬢だって聞いたけど、社名と同じ名字だから事実なのね。かなり仕事もできて、キャリア組だと耳にしたことがある。確かに見た目からもうデキる女性の雰囲気がわかる。

「あなたも取引？　亮が直接足を運ぶくらいなら、かなり大きい商談かしら」

「さあな」

「ちょっと、相変わらず冷たいんだから」

亮さんは私が初めに抱いた印象と同じく、美人の佐枝さんを前にしても冷淡《れいたん》な対応であっさり去っていった。

私はなるべく気配を消しながら総務部のドアを目指すも、途中で佐枝さんと目が合ってしまった。咄嗟に会釈をし、そそくさと部署内に戻る。椅子に座り、こっそり深く息を吐いて気持ちを落ち着かせた。

この短時間で起きたことを頭の中で整理する。

佐枝さん……彼女は亮さんの隣に並んでいても遜色《そんしょく》ない素敵《すてき》な人だった。〝令嬢〟っていう肩書きが私と一緒でも、自分とはなにもかも違う。

佐枝さんと自分を比べ、無意識のうちに落ち込んだ。悶々としたあと、はっとする。

私、これまでどんな令嬢と比べられても特に気にしなかった。むしろ、『社長令嬢』って言われるのが嫌だったのに。それが今、令嬢って肩書きさえも前に出してまで佐枝さんと自分を比較してた。

自分の変化に愕然として、デスクのパソコンを見つめる。仕事をしなきゃと指を伸ばすも、頭がついてこない。

これって……羨望《せんぼう》心なのかな。胸の中がすっきりしなくて心地悪い。

私、史奈ちゃんをそばで見ていて、人を好きになるって楽しそう、幸せそうって、いい面ばかり見てたみたい。現実はこんなふうに嫉妬《しっと》染《じ》みた暗い感情も生まれて、苦しくなったりもするのね……。

私はコントロールのきかない感情に翻弄され、亮さんと佐枝さんが並んだ姿ばかり思い返していた。

どうにもこうにも気持ちを立て直せずにいたものの、なんとか目標の六時までに今日のノルマを終わらせられた。

六時過ぎにオフィスを出て、駅へ向かう。夏目前の今、普段なら六時でもまだ明るいのに、今日に限って天気が悪いせいで薄暗い。今にも降り出しそうな空模様《そらもよう》に、なんだかこちらまで気持ちが翳《かげ》る。

「お姉さん、お仕事帰りですか？　お疲れ様です〜。ちょっとお話いいですかあ？」

「えっ」

駅を目指して歩いていたら、滅多に引っ掛からないキャッチセールスに捕まった。右往左往《うおうさおう》している間にも、セールスの女性は強引に話を進めてくる。

「今、キャンペーンやってるんですよ〜。日頃頑張ってる自分へご褒美《ほうび》にいいと思いますよ！　疲れてて肌《はだ》の調子も良くないんじゃないですかあ？」

肌……まったく気にしてなかった。確かに最近夜も寝つき悪かったし、そんなふうに言われるっていうことは傍目《はため》から見たらひどいのかな。

不安を煽《あお》られていたときに、聞き覚えのある低く威厳のある声がした。

「随分腕に自信のない施術師《せじゅつし》を揃えてるんだな。エステなんて必要ない女性にまで声を掛けるなんて」

「く……久織さん」

顔を上げると同時に肩を抱き寄せられ、パニックに陥《おちい》る。亮さんはセールスの女性に睨みをきかせ、彼女を追い払った。

彼が触れている箇所に全部の神経が集中していて、曇った空からとうとう頬に雨粒が落ちてきたのも気にならない。

私は亮さんを見上げ、薄っすらと口を開いた。

「どうして……？」

彼は私の質問を聞き、小さく笑う。

「亜理沙は俺と会うと、いつもまずはそれだな」

だって。『どうして』って聞かなきゃ……自分勝手な答えに辿《たど》りつきそうだから。

「今日、終わる時間を教えてくれたのは亜理沙だろ」

亮さんに言われ、はっとした。

佐枝さんとのツーショットが印象的で、すっかり頭から抜け落ちていた。

あのときも、質問の意図がわからなかった。まさか、私の退社に合わせて会社まで来てくれようとしていたの……？　なんのために？

そこで、淡い期待に胸を膨《ふく》らませる。

私は普通の女の子みたいに、恋愛の経験を積んでない。だから、彼の言動ひとつひとつをどう受け取っていいのかわからない。自信がない。傷つくのが怖くて、心に保険をかけ続けてしまう。期待したあと、突き落とされれば立ち直れない気がして。

それでも、気になるのは事実で――。

「……なぜですか？　こうして助けてくれたり土曜も食事をごちそうしてくださったり……会社での私の立場を考えてくれたりするのは」

感情が溢れ出て、気づけばそう尋ねていた。心のどこかで、私が求めている答えを返してくれると思っていたのかもしれない。

彼の返答を待つ間、心臓がうるさいほど跳ね回っている。雨脚《あまあし》が強くなってきてるにもかかわらず、私たちはお互いを見つめたまま動かずに立っていた。

すると、彼が私から手をするりと離した。

「なんで……ね。どうだろう。弟の大事な婚約者の友人だから？」

揶揄《やゆ》するように返され、言葉を失った。

冗談のようにも聞こえる。でも、冗談に見せかけた本音にも感じた。想像以上にショックを受け、取り繕う余裕もなくなる。

私は特別なわけじゃなかった。全部、私の勘違い。勝手な思い込みだった。

恥ずかしいのと苦しいのとで肩を窄め、亮さんの横を素通りして歩き出した。

「おい。今度は逃がさないって言っ……」

亮さんが力強く私の手を引いた瞬間、私の顔を見て唖然とした。

晒すつもりはなかった。ただ、自分で思うよりもいっぱいいっぱいで、うまくやり過ごせない。零れ落ちる涙が止まらない。

亮さんがびっくりするくらい相当ひどい顔をしていると思ったら、居た堪れなくて……。

私は彼の手が緩んだ隙に、小走りでその場を離れた。

駅へ着くまでにかなり雨に濡れたけれど、傘をさすことすら頭に浮かばなかった。

改札を通り、ホームの隅に立って涙の跡《あと》を拭《ぬぐ》う。

雨に降られたおかげで、誰も私が泣いていたなんて思わないはず。そもそも見知らぬ他人が涙を零していても困っていても、大抵の人は通り過ぎていく。

そう。大抵は……。

私は腕を交差し、自分を抱きしめるように力を込めた。

さっきだって、あんなふうに助けられたら私がどう思うかわからないの？　本当は間違っても私に好かれたら困るくせに……。実際彼は、私が核心に迫ったら、『弟の婚約者の友人だから』と距離を取った。あれが、彼の本音に違いない。

だったら、初めから放っておいてほしかった。助けてくれなくてもよかった。触れないでほしかった。

もどかしい想いが駆け巡る。痛くて苦しくて、また目に涙が浮かんだときだった。

バッグの中でスマートフォンが鳴った。電話の着信音だとわかり、スマートフォンを確認する。表示を見て、迷わず応答した。

「史奈ちゃん……っ」

『え、亜理沙？　どうかした？』

史奈ちゃんは電話に出るなり私が泣きついてきたものだから、相当驚いている。向こうは用事があって電話してきたって頭の隅でわかっていても、心を許せる相手を前に感情が止まらない。

「なんでこうなっちゃったのかなあ……」

私は堰《せき》を切ったように泣いてつぶやいた。

『なんでって……今どこにいるの？　私行くよ。仕事帰りなら新宿《しんじゅく》駅？　だったら十分で着くから。待ってて。着いたらまた電話する。会って話そう？』

「うん……」

結局、史奈ちゃんに甘える形で一度通話を切り、ベンチに腰を掛けて待った。

彼女は宣言通り、約十分後に『着いたよ』と電話をくれた。

それから落ち合ってすぐ、私の希望でそのまま電車に乗って移動した。


二十分後には、史奈ちゃんと一緒に池袋《いけぶくろ》のダイニングバーにいた。何度か来店したことのあるお店の個室に入り、オーダーを済ませる。

彼女と普段仕事後に会うときは、大体《だいたい》お互いの家の中間あたりである池袋を利用している。でも今回、史奈ちゃんは私に気遣って、わざわざ移動せずに新宿でお店を探そうかと言ってくれた。だけど、私はそれを断った。

新宿に留まっていれば、亮さんに見つかる気がして。

飲み物がきて、料理が一品運ばれてきたあたりで私は重い口を開いた。

これまでの経緯をすべて打ち明けている間、史奈ちゃんは料理に手も触れず、真剣に話を聞いてくれた。

「要するに、亜理沙は私に感化されて恋したいって思った矢先《やさき》、惹かれちゃったのがあの亮さんで、想像とは違って切なくて苦しいから、彼への想いを断ち切りたい、と」

第三者に改めて現状を纏められると、また胸の奥が苦しくなる。

まったく減らないお酒のグラスを見つめていたら、史奈ちゃんが声を上げた。

「すごいっ。亜理沙、この短期間で変わったんだね！　びっくり！　私に影響されてっていうのはちょっと恥ずかしいけど、亜理沙の変化はすごくうれしいよ」

満面の笑みの史奈ちゃんを見て、拍子抜けする。

どういう反応が返ってくるか想像もつかなかったけれど、まさか笑顔を見せられるとは思わなかった。

目を白黒させていたら、彼女は顔を近づけて噛みしめるように言った。

「だって、私たち小学生の頃からの付き合いでしょ？　もう十年以上だよ？　それまでずっと恋愛事に興味持てなかった亜理沙が自らって……そりゃあ感慨深《かんがいぶか》いよ」

「恋愛しなきゃならないってわけじゃないよ。でもやっぱり、親友が恋の相談してくれるのって、すごくうずうずしちゃうよ。手放しで応援しちゃう！」

学生時代は、周りの子たちが男の子の話で盛り上がっているのを横目で見ていた。私はそのグループに入っていても、会話に加わるっていうよりは聞いているだけだった。そんな私だもの。これまで史奈ちゃんと会っていたって色恋話など皆無《かいむ》だった。けれども彼女は、決して私を煽ったりしなかったし、自然体でいてくれた。

私の恋を自分のことのように喜んでくれる彼女には感謝しかない。でも……。

「史奈ちゃんの気持ちはすごくうれしいんだけど……」

応援するって背中押してくれるのには、本当に感謝してる。ただ、初めてまともに恋をした相手が……。史奈ちゃんみたいに相思相愛《そうしそうあい》になれる可能性もなければ、想いを伝える機会すらないような人で、傷つく未来しか見えない。

「あきらめちゃう？」

史奈ちゃんが私の心象を察し、顔を覗き込んでぽつりと聞いてきた。

簡単に「うん」とも言えず、俯いていたら彼女は苦笑した。

「私には亜理沙からの情報しかないから、はっきりとしたことは言えない。でも決断はもう少し頑張ったあとでもいいんじゃない？　って思うなあ」

もう少し？　それってどのくらい？　具体的には？

質問が次々浮かぶも、一度黙ってしまったら、なかなか声が出せない。

史奈ちゃんは、真剣な瞳で私を見つめる。

「無責任にあと押ししてるわけじゃないよ。だって思い出してみてよ。彼、女性にひどく冷たい態度を取ってたんでしょ？　お見合いだって、面倒事だったから誠也さんに押しつけたって感じだった。そんな人なら、興味ない相手に会社で声を掛けたり、食事に誘ったりしないよ」

「全部、気まぐれじゃないかな……？」

「だから、それがすごいって話」

「すごい？」

眉を寄せて聞き返すと、彼女は目を輝かせて答えた。

「頑《がん》としてクールだった彼に気まぐれを起こさせるって、すごいでしょ？」

彼女の言葉で視界がほんの少し広がる。

恋愛だけじゃなく、物事は人によって捉え方が違ってくる。そして、それが正解かどうかはわからないけれど、私は史奈ちゃんの見解通りだったらいいなって思った。

「あきらめるのは、その気まぐれがどうして起こったか、ちゃんと確認してからでもいいと思うな」

「ちゃ、ちゃんとって言っても……」

「いつも彼のふいうちだから向こうのペースのまま終わっちゃうのかもよ。だったら、自分から会いに行ってみるのもひとつの手かも」

史奈ちゃんは人差し指をずいと私の目の前に突きつけた。意見された内容に、私は思わずたじろぐ。

「じ、自分から？　でもなにを言えばいいかわからないわ」

「今日逃げ出してきたのも引っ掛かってるんでしょ？　だったらまずは会って、ありのままの気持ちを伝えて、謝ってみたらどうかな。久織建設の場所なら教えるよ。それとも、誠也さんに亮さんの家がどこか聞いてみようか？」

「えっ、それは……。せめて会社のほうがいい……かな」

「そう？　でもうん。亜理沙が本音ぶつけたら、亮さんの本心にも触れられるかも。もちろん無理にとは言わない。亜理沙の意思を尊重する」

史奈ちゃんの持論に感嘆《かんたん》の息を漏らす。

彼女のこういう部分は、私が持ち合わせていないもの。前向きで瞬発力や行動力がある。そんな史奈ちゃんだから、私のお見合いにも代わりに行ってくれた。

そんな親友が羨ましいって、自分も変わりたいなって。そう思ったのは、ほかの誰でもない、私自身。

「や……やってみる」

今度は現実を受け止めて、冷静に……できれば自分の気持ちを少しでも伝えたい。

昨日の夕方に降り始めた雨は、翌日の今日の昼頃にようやく上がった。

相変わらず忙しい月末だったから、このあとの亮さんに会いに行く緊張を少しの間忘れられた。しかし、昨日と同じく一時間残業をし、仕事が終わった今、この期《ご》に及《およ》んで怖気《おじけ》づいていた。

昨日は史奈ちゃんがそばにいたからできる気がしてたけど、いざひとりになったら逃げ出したくなってる。

ロッカールームで呼吸を整え、気持ちを落ち着ける。

気まずいけれど、一方的に泣いて去ってきたのはやっぱり失礼だったと思う。まずは、昨日いきなり泣いて逃げたことだけでも謝らなきゃいけないよね。

そう自分を奮い立たせ、オフィスを出た。

自宅とは別の路線へ向かい、約三十分後に到着したのは久織建設本社。

さすが大手ゼネコン社だけあって、うちの会社よりもさらに大きなオフィス。

もうすぐ七時になるのに、窓からは灯りがたくさん見える。オフィス内は多くの社員が残っていそうな雰囲気だった。

亮さんはまだオフィスに残っているのかな。外で打ち合わせとか、すでに帰宅している可能性もある。

大きな建物を目の当たりにして急に気持ちが萎《しぼ》み、弱気になっていく。

史奈ちゃんのアドバイスと勢いだけで来たものの、彼の情報もなければ行動も予測してない。

なにか理由つけて入る……？　ううん、そんなの私には無理だわ。オフィス内なんて到底《とうてい》入れないとなれば、このままエントランス前にいるしか……。

頭を悩ませていたとき、ふと思い出す。

彼は立派《りっぱ》な車を持っていた。なんとなく、彼が通勤で電車を使うイメージが湧かないし、普段から会社にも車で来ているんじゃないかな？　駐車場を探してみよう。

人目を避けるようにして、そそくさと裏へ回る。屋内パーキングのマークを見つけ、車の出入り口まで歩み寄ったところで足が止まった。

駐車場へはそれこそ決まった人しか出入りしないだろうから、部外者の私が入り込めば目立つのは避けられない。そうかといって、ここで引き返してしまったら、また臆病《おくびょう》な自分に逆戻り。

前にも後ろにも動けず、ぐるぐると考えを巡らせていたら、目の前の道路に一台のタクシーが停《と》まった。そのとき、駐車場の奥から微かに物音が聞こえ、私は思わずビルの死角へ身を潜めた。心臓がバクバク鳴る中、駐車場出入口から姿を見せた人物を凝視する。

あれは……亮さん……？

会えた！　と気持ちが浮上するのも束の間、駐車場を通過して徒歩で出てきた彼に違和感を抱く。

亮さんの様子がどこかおかしい。足取りは重そうで、姿勢を保つのもやっとって雰囲気……。もしかして体調がよくないとか……？

彼は先ほど停まったタクシーの前で立ち止まった。後部ドアが開き、車内に乗り込む様もどこか気だるげに見える。

タクシーに足を乗せ、ドアが閉まると同時に、黒いものが路上に落ちたのが見えた。あっと思ったけれど、タクシーはそのまま走り去ってしまう。

慌てて駆け寄ってみれば、亮さんが落としていったのはスマートフォンだった。拾い上げたスマートフォンは、角は傷ついているけどディスプレイは無事でほっとする。

これ……どうしたらいいかな。スマートフォンがないと不便なのはもちろん、仕事にも影響するはず。早く渡してあげなきゃ。

私は拾ったスマートフォンを一度バッグに入れ、次に自分のスマートフォンを取り出す。仕事中かもしれないと思いつつも史奈ちゃんに電話を掛けた。

急く思いでコール音を聞いていたら、途中で音が消える。

『もしもし？　亜理沙？』

「あっ、史奈ちゃん！　よかった。電話が繋がって」

『うん。ちょうど今上がったところ。それで、どうしたの？　会いに行けなかった？』

史奈ちゃんは私が今日、久織建設へ行くつもりなのを知っていた。私が直前で怖気づいて電話してきたと思ったのかもしれない。

「ううん。実はね……」

私はかいつまんで現状を説明し、誠也さんに連絡を取ってほしいとお願いした。誠也さんと連絡がつけば、このスマートフォンもスムーズに渡せるはずと考えて。

『わかった。誠也さんが仕事中で連絡つかないかもしれないけど、電話してみる』

「そうなったら仕方ないわ。また考える」

『うん。少し待ってて』

一度通話を切り、スマートフォンを手にして折り返しの電話を待つ。数分後、史奈ちゃんから着信が来て、すぐさま応答した。

「史奈ちゃん。やっぱりダメだったかな……？」

思いのほか早い折り返しに、連絡がつかなかったと思った。すると、史奈ちゃんは明るい声で答える。

『ううん。連絡取れたよ！　それで、そのスマホ、亜理沙に届けてもらいたいらしいの。いいかな？』

「えっ」

『誠也さん、このあとも予定あるらしくて。お願いできたら助かるって。住所はメッセージを転送するよ』

「で、で、でも私……！」

てっきり、スマートフォンを誠也さんに預けて終わりだと思ってた。まさか、本人の自宅へ私が行くなんて……。

『今日、彼に会うつもりだったんだよね？　タイミング逃すと気持ち挫《くじ》けそうじゃない？　いいチャンスだと思うな』

腰が引けていたときに背中を押され、はっとする。

油断したらつい逃げ腰になっちゃう。さっき自ら『引き返してしまったら、また臆病な自分に逆戻りする』って言い聞かせたばかりじゃない。

私は口を引き結び、視線を上げた。

「……うん。届けに行ってみるね」

通話を切ったあと、メッセージが転送されてきた。私は住所を確認して、その場からタクシーで移動した。

亮さんのスマートフォンが入ったバッグを抱え、じっと外を眺める。車内はとても静かなのに比べ、私の心臓はずっと騒いでいてうるさい。

十五分ほどで到着し、支払いを終えて車を降りる。私は目の前のタワーマンションに圧倒された。

天に高くそびえ立つマンションは、もはや真下からだと何階まであるか数え切れない。エントランスからラグジュアリーな雰囲気をひしひしと感じる。こういうタワーマンションへ来る機会は今までなかったから、なんだか緊張してしまう。

私はインターホンの前に立ち、一度深呼吸をしてからルームナンバーを入力した。

呼び出しボタンに添えた指が震える。意を決してボタンを押すと、耳に心地いいメロディが聞こえた。呼吸を整えて反応を待つも、なかなか応答がない。

どこかに立ち寄っていて、まだ帰宅してないのかも……。

肩を落とした瞬間、スピーカーから低い声がした。

『はい』

「あっ……。ええと、大迫です」

『亜理沙……？』

「は、はい」

てっきり不在だと思っていたため、ふいうちの応答にうまく言葉が纏まらない。

すると、前方の大きな自動ドアが開いた。

もうスピーカーは無音で亮さんの声はしない。ドアが閉まる前に、そろりとロビーへ歩みを進める。挙動不審《きょどうふしん》の私のもとに、コンシェルジュらしき男性がやってきた。

「大迫様。久織様より、お通しする旨《むね》申しつけられておりますのでご案内いたします」

にこやかな笑顔で物腰の柔らかな人ではあったけれど、男性なのでどうしても一定の距離を取ってしまった。しかし、特に変な顔もせず、彼は丁寧《ていねい》に私をエレベーターホールまで案内してくれた。

「こちらの専用エレベーターで最上階までどうぞ」

「ご丁寧にありがとうございます」

私はコンシェルジュさんに深々と頭を下げ、エレベーターで最上階を目指す。

ボタンを見た感じ、このエレベーターは上階専用らしい。一番上は……四十階。専用だけあって途中で止まることなく四十階へ直行し、あっという間に到着した。

しんと静まり返った広いエレベーターホールに、ぽつんと立ち尽くす。

コンシェルジュさんからは『最上階までどうぞ』と言われただけ。マンションの大きさ的に、ワンフロア内でも迷いそう、すぐ亮さんの部屋ってわかるのかな……。

きょろきょろと辺りを見れば、廊下は一本のみ。そろりと足を進めていくと、つきあたりに立派なドアが見えた。私は歩調を速める。

あれ……？　ルームナンバーがどこにもない。

戸惑いながら、はた、と気づく。

このフロアに降りてから、ほかにドアは見当たらなかった。もしかして、あのエレベーターから行ける最上階フロアって一軒しかないのかも……。

〝専用〟の意味を理解して絶句《ぜっく》していたら、ガチャッと前方のドアが開いた。私はビクッとして、目線を上げていく。すると、亮さんの姿が確認できた。

「あ……あ、あ、あの！　今日、久織建設へ行った際に、あなたのスマホを拾って、誠也さんに頼まれて……それで」

「誠也……？　スマホ……？」

しどろもどろになってしまい、説明がうまくできない。彼が顔を顰めるのも頷ける。

話をきちんと整理しなくちゃ、と改めて亮さんと向き合ったとき、彼の出《い》で立《た》ちにぎょっとした。

ワイシャツ姿はいいとして、ネクタイは半端《はんぱ》に緩みボタンは三つほど外していて肌が露わになっている。

衣服の乱れに目のやり場に困った私は、俯いてスマートフォンをずいと差し出した。

「こ、ここ、これです！」

もうまともに顔も見られない。史奈ちゃんから、自分のペースで会いに行ってみたら違うかもって言われたのに、まったくダメ。

亮さんは私の手から、スマートフォンを受け取った。これで用件は無事に果たせた、とほっとした直後、彼が力ない声を漏らす。

「あー……いろいろ言いたいことあるのに、ダメだ。頭回んね……」

亮さんのそういった弱々しい声は初めてで、つい視線を上げた。彼はとてもつらそうな表情をしていて、頬も薄っすら赤く目が潤んでいた。

「えっ。だ、大丈夫ですか?」

もはや、私の問いかけに答えるのもしんどそう。心配になって、私は右手を恐る恐る彼の額に伸ばした。

「すみません、ちょっと失礼します……熱っ!」

見た目以上に熱を持っていて驚く。触れた感覚だと三十八度はゆうに超えていそう。すでに亮さんは自分の身体を支えきれないらしい。ドアの枠に凭れ掛かり、目を閉じている。

こんな状態……頭が回らなくて当たり前だわ。すぐに横になって休まないと! ど、どうする……? 史奈ちゃんに電話……ううん。電話したところで、ここへ来るまで時間も掛かる。それなら、さっきのコンシェルジュさんを呼んだほうが……。右往左往していると、亮さんがふらっと倒れ込みそうになり、私は咄嗟に手を伸ばして支えた。

「ん……っ」

お……重い……。だけどここで私が踏ん張らなきゃ、頭を打っちゃうかもしれない。

私はありったけの力を込めて長身の彼を支える。どうにか亮さんの腕を自分の肩に回して声を掛けた。

「く、久織さん、もう少し……頑張れますか」

必死に立っていると、まだ辛《かろ》うじて意識のあった亮さんが私に寄り掛かりながら室内へ歩き始めた。ふと間近にある彼の顔を見れば、眉を寄せて目を瞑っている。

私も限界があるから、ベッドルームを探していられない。とりあえず横になれそうなソファでもあれば……。

そう思いながらリビングに辿り着いた。大きなソファもあり、最後の力を振り絞って亮さんをソファまで誘導する。無事に彼をソファに座らせられて安心し、その場に座り込んで脱力した。

「ふう～……」

手も足も力が入らない。でも、このまま休んでいられないし……。

頭で考えていても、身体がなかなか動いてくれない。

なにげなく辺りを眺めた先のダイニングチェアに、上着が無造作《むぞうさ》に掛けられていた。帰宅してすぐ倒れ込んでいたのが想像できる。

心配になった私は、ぐったりしている亮さんに遠慮がちに声を掛けた。

「あの……常備薬や飲み物はありますか？　それとも救急車……」

「……やめろ。ちょっと寝ればよくなる」

私の問いかけに反応できるなら、大丈夫かしら。とはいえ……。

おもむろに立ち上がってリビングを見渡す。

生活感があまり感じられない。想像するに、薬はおろか食べ物もあまり常備していなさそう。体温計すらないのかな……。

病院へ行かないのなら、せめて必要なものを揃えなければと考えていたら、掠れた笑い声がして目を丸くする。

「はは。何度も俺の前から逃げるほど嫌いなくせに……心配してるのか？」

亮さんは弱っていても、いつも通りの嫌味《いやみ》を放った。けれど、私は自分でも驚くほど動揺しなかった。本当は身体がつらいのに弱味を見せられないのかな、と感じてしまって……。

私は膝を曲げ、亮さんと目線を合わせて答える。

「大事な友人の婚約者のお兄さんなので。私、必要なものを持ってきてもらえるようにコンシェルジュさんにお願いしてきます」

そのとき、私は彼に初めてまともに話しかけることができた気がした。

すっくと立ち上がった私に、亮さんが小さな声で言う。

「……上着のポケットと、テーブルの上」

「え？」

ぽつりと返された言葉に目を瞬かせ、上着があるダイニングテーブルに歩み寄る。テーブル上にはお財布《さいふ》が置いてあり、おずおずと上着のポケットに手を入れればカードキーが入っていた。

「他人にあんま見られなくない。亜理沙が行ってきて……俺は少し寝る」

『寝る』と宣言した亮さんは、瞬く間に寝息を立て始めた。

相当つらいのね……。あまりひどいのなら病院へ行くのが一番だけど……。

なんだかんだと私に任されてしまった。他人に見せたくない気持ちはわからなくはないけれど……私だって親しい間柄なわけじゃないのにいいのかな。

ふと座った体勢のまま眠っている亮さんを見て、身体が休まらないような気がして、上半身をそーっとソファに横たえた。そのあと、頑張って両足もソファに上げる。

勝手に部屋を探るのはいけないと思いつつ、事情が事情だからとベッドルームを探し当て、ブランケットを拝借《はいしゃく》した。眠っている彼にふわりと掛け、寝顔を見つめる。

「……嫌いじゃないです」

無意識に口から零れ落ちていた。

さっき『何度も俺の前から逃げるほど嫌いなくせに』と言われたとき、心の中では迷わず『そんなことはない』と思った。

弱っている彼の手助けをしたいと素直に思えるくらいに、自分が彼に対し心を開きかけているのを実感する。

私は彼の財布はそのままにし、キーだけを借りて一度マンションを出た。

買い物を終えてマンションへ戻った私は、煮込みうどんを作った。

買い物前にキッチンをちらっと確認したら、電子レンジとコーヒーメーカーくらいしかなかったため、小さい鍋から買い揃えた。

別にそこまでしなくても……と迷ったものの、さっきの様子の亮さんなら誰にも頼らず我慢しそうな気がして。

ひと通り食事の準備を終えて、時計を見れば七時半を過ぎていた。

さすがに部屋も薄暗い。でもお部屋の電気を点けたら眠りを妨げるかもしれないから、遠慮してキッチンの電気だけ点《っ》けている。

ええと……どうしたらいいかな。ベッドで休んだほうがいいのはわかってても、せっかく気持ちよく寝ているところを起こすのは……。

ソファの前で膝をついて、眠り続ける亮さんを眺めていたら、おもむろに彼の瞼が開いた。私はドキッとして、身体を横に向けて目を逸らす。

「お、起こしてしまいましたか？　すみません」

「ん……」

寝ぼけ眼《まなこ》の亮さんに、慌ててあたふたと早口で捲し立てる。

「あの……キッチンにうどんをすぐ食べられるところまでは用意しましたから。薬と体温計もテーブルに置いてありますので。えっと……あとは念のため、誠也さんに知らせておきますね。それでは、私はこれで……きゃっ!?」

立ち上がろうとした一瞬で、しなやかな腕が私の首に巻きついてきた。動転している間にも、たくましい胸に抱き留められる。密着する体勢に私はパニックになった。

尋常じゃないくらい、心臓が大きく脈打っている。なにが起きたのか整理できなくて、指先が震える。

そのとき、寝言にも似た弱い声音が聞こえた。

「誠也はいい……亜理沙、で……」

そうして、亮さんはなにも喋らなくなったかと思えば、再び規則的な呼吸を繰り返し始めた。どうやらまた眠ってしまったらしい。

寝ていても私をきっちり捕まえていて、私は彼の胸に頬を寄せた状態のまま。

「く……久織、さん……？」

窺うように名前を呼んでも、彼からはなにも返ってはこない。

この状況はいったい……。もうずっとドキドキしっぱなし。

抜け出したいけれど、今すぐは起こしちゃいそうだし……。ああ、どうしたらいいかわからない。とりあえず、このまま少し待って眠りが深くなった頃合いで、そっと腕から抜けてみようかな……。

必死に考えて決めたあと、瞼を閉じて亮さんの言動を反芻する。

さっきも今も、私を選んで頼ってくれた。単純に目の前にいたのが私で、選びようがなかったのかもしれない。それでも、いつも人に頼ってばかりの自分が誰かに頼られるのは、正直うれしかった。

それも、なんでもひとりでこなしそうな亮さんに――。

時間が経つのを待っているうちに、彼の体温と心音が心地よくなっていく。

あろうことか、私は彼の寝息と鼓動に誘われて眠りに落ちてしまった。

ぱっと目覚める。視線の先には大きな窓。寝起きには外の夜景がいっそう煌《きらめ》いて見えて、目を細めた。

寝ぼけていたのも数秒で、すぐにここがどこか、どういう状況だったのかを思い出し、慌てて身体を起こした。亮さんを見れば、まだ眠っている。

私はほっと胸を撫で下ろし、キッチンの灯りだけを頼りにバッグを手繰《たぐ》り寄せ、スマートフォンで時刻を確認した。

今は夜の九時前。日付を跨《また》いでないことに心から安堵する。

昨夜は久織建設へ行くと決めて、緊張のあまりなかなか寝られなかったから、つい睡魔《すいま》に負けちゃった……。このことが亮さんに知られる前に急いで帰ろう。

音を立てないように、と立ち上がった刹那。

「……ん」

彼が目覚め掛け、大きく動揺する。私はリビングの出口へ急ごうと一歩踏み出した。

「あー、亜理沙……?」

亮さんに呼ばれて足を止める。同時に大事なことを思い出した。

私は今日、自分の意志で彼に会いに来たのよ……？　まだ目的を果たしてない。

でもなにを伝えようとしたんだっけ――。

用意していた言葉を懸命に思い出していたら、彼はゆっくり身体を起こし、額に手を当ててつぶやく。

「ああ……そういや俺のスマホ届けに来たんだったな」

亮さんは伏せていた瞼を押し上げ、黒い瞳を露わにする。徐々に暗がりに慣れたらしい彼の双眸が私をまっすぐ捉える。鈍い光りを灯す黒い瞳から目を逸らせない。

「亜理沙が俺の家にいるなんて変な感じだ」

ふっと緩めた表情と柔らかな眼差しに意識を奪われる。

引き留められてうれしかった。寝顔を見れてドキドキした。手を離せるのに離したくなくなった。

そんなすべての感情は、ひとことに集約される。

「私……あなたのこと、今は嫌いじゃない——好きです」

私の胸に自然と熱いものが溢れてきて、感情に任せて口を開いていた。

「……は？」

「あっ……！」

私、なにを口走ったの？　亮さんに微笑まれてつい……。さすがの亮さんも、戸惑ってる。

「すみません！　忘れてください。失礼します」

私は一方的に挨拶をしてリビングを飛び出した。

今日は謝るだけのつもりだったのに。あんなふうに気持ちを伝えようとしてたわけじゃなかった。

勢いよく玄関を開け、エレベーターホールに向かう。

彼の気持ちもまだわからないのに、自分の気持ちを押しつけてしまった。

恋する気持ちに、同等の大きさを返してもらえる保証なんかない。むしろ、そんなのは奇跡的なことだとわかっていたはずなのに。あの瞬間、ただ伝えたくなった。

恋をすると周りが見えなくなるって、よく言ったものね……。今、とても恥ずかしい。

エレベーターはここ最上階で待機しているというのに、羞恥心《しゅうち》を掻き消すかのごとくボタンを連打する。扉がゆっくり開いていくのさえ、急く思いで見ていた。

エレベーターに片足を乗せるや否や、横から腕を掴まれ力強い力で引き戻される。

「待てって」

敢《あ》えなく亮さんに捕まり、パニックになる。エレベーターの扉は再び閉まり、静寂に包まれたエレベーターホールにふたりきり。

「ったく。病人を走らせるなよ」

「……ご、ごめんなさい」

小さな声で謝っても、彼は私を解放してはくれなかった。

私が急に変なことを言ったから……勘違いするなって釘を刺されるのかも。

——怖い。だけど、それはこれまでの恐怖とは違う。

私の想いを知った彼が、どんな反応をするのかを知るのが……怖い。

私の気持ちが迷惑なのは薄々わかってる。だから、この想いは全部なくさなきゃ。

俯いていた目線を少しずつ上げていく。

やっぱり亮さんと向き合うだけで、切なく甘い感覚とともに鼓動が鳴り続ける。

自分の中に小さく芽生えた初めての想いが、確かなものに変わる。自覚した途端、手放すのが惜しくなった。

「ごめんなさい。やっぱりこの気持ち……しばらく持っていてもいいですか？　ご迷惑はお掛けしません。……私があなたをあきらめられる日まで」

往生際《おうじょうぎわ》が悪いと自分でも思ってる。けれど、素直な感情だった。

感情が昂《たかぶ》って視界が滲む。小刻みに震える手を懸命に握り締め、亮さんを上目《うわめ》で見つめた。すると、驚いた表情をしていた彼がふっと目尻《めじり》を下げる。

「お前、本当可愛いよな」

彼は弧《こ》を描いた唇で囁いて、私の顔に影を落とす。瞬く間に、私は亮さんに口づけられていた。

初めての唇の感触に意識が集中する。熱いと感じるのは、彼が熱を出しているためか。はたまた、私の熱が上がってしまっているためなのかわからない。

混乱冷めやらぬ中、彼の唇が離れていった。急展開についていけず、数秒かけて瞼を押し上げる。見上げた先には、真剣な面持ちの亮さん。

「あきらめんの？」

「え……？」

私が答えられずにいたら、亮さんは微かに口角を上げた。

「まあ、関係ないか」

「あ……んっ」

そうひとことつぶやいて、瞬時に私の唇を再び奪う。

さっきとはまったく別物——噛みつくような激しいキス。私は混乱に陥ってされるがまま。

気づけば彼の強引な腕の中にいて、なにも考えられなくなっていた。

4．逃がしてやらない

信じられない。夢じゃないかって何度も考えた。

あれから三日経っても、柔らかな感触と混じり合う熱の感覚が鮮明に残ってる。

「大迫さん？」

「え？　はっ、はい！」

コピー機の前で唇に指を添えてぼーっとしていたら、先輩に声を掛けられて飛び上がる。

「疲れてる？　ごめんね。忙しい月末に私が休んじゃったから」

「いいえ！　お子さん、すっかり元気になったそうでよかったですね」

「うん。ありがとう。大迫さん、今日中に残りの請求書の検収だけお願いできるかな？　あとは私が休んだ分頑張るから！」

「ありがとうございます」

私はペコッと頭を下げ、デスクに戻る。ノートパソコンと向き合ってすぐ、またもや無意識に考えるのは彼のこと。

あの日は、亮さんの熱が上がってきたのに気づいて彼に早くベッドに戻るよう促し、バタバタと別れた。その後、今日まで連絡もなければ偶然会うことすらない。

もっとも、連絡がないのは連絡先を交換していないのだから当然のこと。

――初めてキスをした。

これまでまったく想像しなかったわけではない。けれど、いざ経験すると……思い描いていた感じとは違っていて戸惑いを隠せない。

あんなに……生々しいとは思わなかった。時間が経っても、奥深く口づけられた余韻が残っている。そして、あの瞬間に襲われた胸のときめきと激しい動悸が、すぐに再現され、今なお私の心を揺さぶる。気持ちの整理も情報処理も追いつかなくて、史奈ちゃんにさえキスの件は話せていない。

油断したら、また亮さんのことばかり考えてしまう。

ひとり頬を熱くさせ、視線を泳がせていたら卓上カレンダーが目に入った。

もうあれから三日経ったんだ。亮さん……体調はよくなったかな。

みんなで月初めの三日間を頑張ったおかげで、今日は全員揃って定時で上がれた。

ひとりで駅に向かって歩く途中、キャッチセールスに捕まった場所を通過し、また彼を脳裏に浮かべた。そのとき。

「ようやく出てきた」

横を見ればビルの壁に寄り掛かっている亮さんがいた。

彼は本当に神出鬼没《しんしゅつきぼつ》で、いつでも私ばかりが翻弄される。

「どうし……」

疑問の言葉を出し掛けた瞬間、彼の長い人差し指が唇に触れる直前で止まった。

「ほら、また」

怜悧な目で制止され、声を呑み込む。

『また』と言われても、仕方ない。亮さんが予測不能の言動ばかり繰り返すから。

「このあとの予定は？」

亮さんの質問は、どう考えても誘い文句。いくら恋愛に疎《うと》い私だって、さすがに何度も経験すればこのくらいは察する。

私はひそかに呼吸を整えて答えた。

「特に……家に帰るだけです」

単に聞かれた質問に素直に回答しただけなのに、期待している心が伝わっていそうで恥ずかしい。

「じゃ、このまま連れていっても問題ないな」

「えっ」

ふいに手を繋がれた。正確に言えば、手を引くために掴まれた。

急な接触に頭が真っ白になり、心臓が暴れ始める。

「なんだよ。嫌なのか？　俺のこと嫌いじゃないって。好きって言ってたくせに」

「きゃあ！　い、嫌じゃありません！　だから……その……言わないでください」

自分の告白を改めて掘り返され、耳を塞ぎたくなるほど恥ずかしい。

亮さんは意地の悪い笑みを浮かべ、涙目で懇願する私を見下ろしている。

本当、亮さんって意地悪なんだから。……けど、やさしい部分もあるって知ってる。

私はそのままおとなしく手を引かれ、近くのパーキングに連れられた。見覚えのある車を見つけるなり、亮さんに促されておずおずとナビシートに腰を沈める。シートベルトを装着しながら、ぽつりと尋ねた。

「その……今日はわざわざ待っていてくださったんですか……？」

パーキングに車を止めてまで、うちのオフィス近くで待っていてくれたのかなと思うと、私だって期待してしまう。

彼の顔をまっすぐ見る勇気はなくて、ちらっと横目で見るのが精いっぱい。

「誰かが連絡先も教えないで帰っていったからな」

彼の皮肉交じりの返答に呆気《あっけ》に取られ、しどろもどろになる。

「それは……そんなの、できるわけ……ないです」

亮さんは体調不良だったたし、別れ際にキスまでされたら連絡先を交換する余裕なんかない。第一、亮さんとこうして話をしているだけでいっぱいいっぱい。

私が俯いて返すと、亮さんは淡々と言った。

「わかってる。だからこうして、待たされるのが嫌いなこの俺が待っていたんだ。そうでもしなきゃ、また逃げられると思って」

亮さんの指摘で、何度も非礼を繰り返したのを思い出す。

初めて食事をした帰りから始まり、雨の日も泣いて逃げて、亮さんのマンションへ行った日も、彼が横になるや否やさっさと逃げ帰ってきた。

そもそも、そんな行動を謝るために久織建設へ出向いたのに。

「……ごめんなさい。き、気をつけます」

私が謝ると、亮さんは目を白黒させた。

「やけに素直だな」

「そ、それはそうと、具合はもう平気なんですか?」

それ以上掘り下げられたらまた私の告白に話が戻されそうで、慌てて話題を逸らす。

彼は背中をシートに預け、額に大きな手を添えて瞼を伏せた。

「あー、熱は翌日少し下がって、今朝からようやく落ち着いた」

「今朝⁉　病《や》み上《あ》がりじゃないですか。その体調で、これからどこへ行くつもりなんです？」

「どこへって……とりあえずディナー？」

驚きの発言が飛び出してきて、唖然とした。

亮さんって、仕事中はポーカーフェイスで周りに不調を感じさせない人っぽい。それって他人だけじゃなく、無意識に自分をも騙《だま》しているんじゃないかな。ギリギリまでひとりで我慢して倒れるタイプ……。だからあの日も、人目につかない裏口にタクシーを呼んで、ひとりで帰っていったって考えるとしっくりくる。

なんだか急に心配になってきた私は、彼に問いかける。

「あの……久織さん、三日前から今朝まで、きちんと食事できてますか？」

「食事？　亜理沙がおいていったものは食べた。それ以降は覚えてない」

無頓着《むとんちゃく》な回答を受け、思わず「ええっ」と声を上げた。

「本調子になっていないのに外食は控えるべきです……。もう今日は早く帰って、土日はゆっくり過ごしたほうが……」

あまりに心配な生活スタイルに、思わず亮さんに対して怯える気持ちも忘れて真剣に諭していた。すると、彼は私を一瞥し、ムッとした様子で返してくる。

「溜まってた仕事済ませて、今日やっと亜理沙を捕まえたのに、もう帰れだって？　いつもは気弱なくせに、ひどいこと言うな」

怒らせてしまった、と委縮して、懸命にフォローの言葉を絞りだす。

「い、いいえ、そういう意味合いではなく……」

「わかった。だったら帰る」

完全に機嫌《きげん》を損《そこ》ねてしまったみたい。

冷や汗をかいてあたふたしていたら、漆黒《しっこく》の瞳をこちらに向けられる。ドキリとしたのと同時に、彼は意味深な笑みを浮かべた。

「亜理沙も連れて」

まさか再び彼のマンションへ行く羽目になるとは思いもしてなくて、戸惑いを隠せない。

亮さんは私に構わず、自宅マンションへとハンドルを切ったのだった。

地下駐車場に着き、車から降りてロビーを行く。

表面上は必死に押し隠してはいるものの、私は内心ものすごくハラハラドキドキして、落ち着けずにいた。

この前は亮さんが体調不良で、最低限のお世話をする名目《めいもく》で自分を納得させ、なんとか一緒にいられたけれど今日は違う。

もし……もしもまた、キスされたりでもしたら……。ううん！　私、なにを考えてるの。無にならなきゃ！　なにも考えちゃダメ。

ひとり問答を強制終了させ、亮さんについていく。足の長い彼の歩調は私と比べて速い。小走りであとを追っていくと、途中コンシェルジュさんが声を掛けてきた。

「久織様、おかえりなさいませ。先日の雨に濡れたスーツですが、クリーニングから戻って参りました。後ほどお部屋までお届けいたしましょうか」

「ああ。いや、今持っていく。ありがとう」

立ち止まった亮さんは、コンシェルジュさんからクリーニング済みのスーツを受け取った。再び歩みを進める彼の背中を追いながら考える。

雨に濡れたスーツ……？　ここ最近の雨の日と言えば、確か四日前の……私が泣いて一方的に別れた日しかないはず。

エレベーターに乗り込み、扉が閉まってからぽつりと漏らす。

「まさか……あの日、雨に打たれたせいで熱を出したんじゃ……？」

私はすぐに駅に入ったおかげで、長く雨に打たれずにいた。けれども、彼はあのまま雨に打たれてしまった……？

亮さんはまっすぐ前を見たまま、さらりと答える。

「雨に濡れたとして、それが発熱の原因だという確証はない」

この人は……こういうときに私を責めたりしない。

「本当に……すみません」

私がもっと気持ちに余裕の持てる女性だったら、亮さんにも迷惑を掛けずに済んだ。

気を揉《も》んでいるうちに、最上階へ到着する。亮さんが先に降りていき、続いて私もエレベーターホールへ一歩踏み出した。瞬間、ここでのキスが鮮明に蘇る。

私は恥ずかしい気持ちを払拭するべく、先を急いだ。だけど、いざ玄関の前までやってきたら、否が応でも三日前の夜を思い出して動けなくなった。

心臓が早鐘《はやがね》を打っていて苦しい。意識してるのは私だけかもと思っていても、淡く色づく想いが膨らんでいくのを止められない。

「亜理沙」

しっとりとした声で名を呼ばれ、ビクッと身体を震わせた。忙しなく鳴り続ける鼓動を感じながら、ゆっくりと彼を見上げる。

亮さんは私の両眼《りょうめ》をじっと見て口を開く。

「俺の身体を心配したり、責任感じたり。もしかして、今日までずっと俺のこと考えてた？」

彼の指摘にカアッと顔が熱くなる。亮さんは私の反応を目の当たりにして、目を丸くした。その反応に、今のは冗談だったのだと理解するも、一度表情に出してしまったら取り繕うことも叶わない。

動揺して瞳を揺らしていると、亮さんに腕を掴まれ、玄関の中へと引き込まれた。

玄関ドアが閉まり、自動でロックが掛かる音がする。緊張が高まっていく最中、彼がクリーニング済みのスーツを床に放って、私の顔の横に片腕をついた。

「ふうん……そう。実は俺も亜理沙に風邪《かぜ》をうつしたんじゃないかって心配してた」

「え……？」

狼狽えていたせいで、至近距離だと言うのも忘れて自ら顔を上げてしまった。鼻先が触れそうなくらい顔が近い。慌てて俯こうとした矢先、彼に顎を捕らえられてクイッと上を向かされる。

強引に視線を交わらせる亮さんは、得意の皮肉な笑みを見せている。そして、顎に添えていた手の親指でゆっくりと私の下唇をなぞっていき、ささやく。

「うつるようなこと――しただろ？」

瞬間、もう私は限界で両手を突き出した。

「ごっ……ご心配いたみ入ります。で、ですが、私は元気ですからっ」

私の抵抗など、男性である亮さんにとっては子どもが抗う程度だと思う。それでも彼は、私が身体を押し返したらすんなり距離をとった。

ほっと胸を撫で下ろした途端、彼が意地悪な目をしてくすくす笑う。

「残念。亜理沙に熱があったら俺が介抱《かいほう》してやるつもりだったのに」

亮さんは完全に私をからかって楽しんでる。

クリーニング済みのスーツを拾い上げ、スタスタとリビングへ向かう広い背中を見つめる。私はまだドキドキいってる胸に手を当てて呼吸を整えた。

玄関からなかなか先へ進めずにいたら、リビングから顔を覗かせた亮さんが辟易して言う。

「また逃げようかって迷ってるのか？」

彼のひとことに我に返る。

ほかのことはともかく、まずは逃げるのだけはやめようって心に決めた。

私は心を落ち着け、「おじゃまします」と頭を下げて靴《くつ》を脱いだ。亮さんのいるリビングまで行くと、彼は上着を脱いでネクタイを外し、ボタンを緩めている。

「メシどうする？　デリバリーでも頼むか」

私は男性のラフな格好《かっこう》に慣れてなくて、思わず目を背けて答えた。

「あの……それなら外食を控えた意味がなくなる気が……」

「だったら、亜理沙がなんか作ってくれんの？」

「えっ」

彼の返答に思わず凝視してしまった。

でも……よくよく考えれば、私が外食は病み上がりによくないと意見し、さらにデリバリーも同じ理由で否定した。だったら、発言に責任を持たないといけないかも。

少しの時間考えて、意を決して口を開く。

「わかりました。ですが、くれぐれも期待しないでくださいね……？」

家で母と一緒に料理はする。とはいえ、彼は以前連れていってくれたような高級店ばかり利用しているだろうから、嗜好《しこう》に合うものを出せる自信はない。だけど、胃腸が弱っているときに合わせた献立なら豪華《ごうか》なものにはなるわけがないし、どうにかなるはず。

なにを作ろうかと思案している間に、亮さんが「ふ」と笑いを零した。

「亜理沙、まだおどおどしてるけど、だいぶ慣れたよな。初めて話したときは捨て猫みたいに警戒心丸出しで震えてたのに」

亮さんの言葉に、はっとさせられた。

言われてみれば……。さすがに威嚇《いかく》するような目や怒った雰囲気を感じれば硬直するだろうけど、最初の頃より会話が成り立ってる。

「なんで？」

さらに追及されて、すぐには答えられなかった。

答えがわからないからではなくて、たくさんの経緯があるから理由はひとことには集約できなくて。

亮さんはお構いなしに真剣な双眸で私を追い詰める。

「言えよ」

彼に迫られ胸は激しい鼓動を打っていても、恐怖心はない。

私は近づいてきた彼を上目で見て、ぼそっとつぶやく。

「思っていたより……怖く……なかったから」

一番初めの印象は、かなり衝撃だった。

あまりに冷酷《れいこく》な雰囲気で、どんな女性をも寄せつけないオーラがあって。

絶対にかかわらないでいようと思ったのに、亮さんは容易に私のテリトリーに踏み込んできた。毎回戦慄していた私も、神社で偶然会ってから少しずつ亮さんの印象が変わっていった。

礼儀正しく参拝する姿に目を奪われ、私の立場を考える彼のひそやかなやさしさを知って、心を打たれた。体調を崩していても強がる亮さんが、私の前でだけは弱ってる姿を見せたのも大きい。

現実の彼は、私が想像で作り上げた冷徹な男性ではなかった。

亮さんの言動はまだ不可解な部分も多いけれど、きっと彼のすることならなにか意味を持っているんだろうって今は思える。

——だから。

「もう少し、知りたくなったんです。あなたのことを」

私が本音を漏らすと、「へえ」と彼の口元が弓なりに上がるのがわかった。

亮さんはスタスタと私のもとにやってきて、急に私を抱き上げる。

「きゃあっ」

つい悲鳴を上げ、無意識に彼のシャツにしがみつく。固く目を瞑っているうちに、数メートル先のソファに降ろされた。亮さんはそのまま両腕をソファについて、私を至近距離で閉じ込める。

私はバクバク騒ぐ胸元に手を添え、そろりと彼を仰ぎ見た。

「俺のなにが知りたい？」

彼の吐息が感じられるほどの距離でささやかれ、どぎまぎする。僅かでも動けば、身体が彼に触れてしまう。彼といると急な展開ばかり。

亮さんの視線をひしひしと感じ、答えるまで逃れられないと察した私は、咄嗟に思いついた質問を口にする。

「お……お見合い……は、誠也さんに任せて、ご両親からお叱《しか》りを受けなかったんですか……？」

今思いついたとはいえ、ずっと心の隅に引っ掛かっていた疑問だった。

「あー。親父《おやじ》に直接バラしたのは誠也で、俺じゃなかったからな。事実を知った瞬間の親父の顔は見てないが、すぐに電話がきてこっぴどく怒られた。軽く二時間は説《せっ》教《きょう》されてたんじゃないか？　あまりに長くて途中で飽きた」

『こっぴどく怒られた』というわりに、全然堪《こた》えていない雰囲気で彼は続ける。

「ま、初めてのことじゃないからな。これまで何度かそういう話はあったたし、そのたびに俺が撒《ま》くから。親父たちも『またか』って」

長時間のお叱りがあるとわかっていたうえで、私とのお見合いも避けたのね……。

やはり亮さんはそれほどまで、私を……女性を拒絶してる。

もやもやとした感情を抱きつつ、私は遠慮がちに質問を重ねる。

「こ……これまでも、誠也さんに？」

「まさか。普通にすっぽかして終わり。ただ今回、亜理沙の家とは企業の利を見据えた動きだったから、そうはいかないと思っただけ」

「……そう、だったんですね」

彼の口から真実を聞き、いっそう複雑な心境に陥る。

史奈ちゃんから聞いて、知っていた話だった。亮さんは私とのお見合いが面倒で避けたってことは。

ただ……ほかの人とも何度か縁談があって反故《ほご》にしてたのは初めて知ったから……。

私、亮さんにとって、自分もほかの女性と同じだとわかって傷ついている。

本当、身勝手な話。自分も同様の振る舞いをしたくせに。

「っつーか、誠也さん、誠也さんって、いつからそんなに親しいんだよ」

亮さんが急に険しい表情に変わり、私は狼狽える。

「えっ？　し、親しいだなんて。友人がそう呼んでいるから」

「その友人は、俺を『亮さん』って呼んでたはずだけど？」

彼は切れ長の目を細め、私を窮地に追い込む。黒褐色《こっかっしょく》の瞳に吸い込まれていたら、低い声でささやかれた。

「俺を名前で呼べよ、亜理沙」

私は唇を小さく噛んだ。

実際には、史奈ちゃんとの会話ではすでにそう呼んだりもしている。だけど、本人の前で、しかもこの迫られた状況じゃ……。

葛藤《かっとう》していたのも束の間、亮さんが距離を近づけてくるものだから、堪えきれずに固く目を閉じてぽつりと言った。

「あ……亮さん……」

恐る恐る彼を上目で窺うと、満足げに片側の口角を引き上げていた。

「ところで。この前、どうして俺のスマホを拾った？」

「どうしてって……落としたのを見たので……」

「だから。なんでその場にいたのかって聞いてるんだ」

彼に詳しく言い直され、ギクッとする。

何の気なしに答えたが、スマートフォンを拾った場所は久織建設本社の裏口。

亮さんは私が彼のオフィスまで行った理由を聞いているんだわ。久織建設本社にいたわけなら、彼に会うためだとわかりそうなものなのに。それを私の口から直接聞き出そうとするなんて、亮さんはやっぱり意地悪。

彼の視線に負け、おずおずと口を開く。

「久……亮さんに、用件が……あって」

「俺に？　どんな？」

「……っ、月曜に、泣いて逃げてしまってごめんなさい……と伝えに」

「それだけ？」

亮さんの双眸は心の中を見透かす力があるんじゃないかって錯覚に陥る。

駆け引きもできない私は堪えきれなくて、胸の内を口にした。

「ど、どうして私に構うのですか……？」

次の瞬間、亮さんは口元に笑みを浮かべた。そして、私の両手を掴み、拘束《こうそく》する。

「俺を嫌って困ってる亜理沙見たら、余計いじめたくなるんだよな」

端正な顔が近づいてきて一ミリも動けない。瞬きもできず、瞳に彼を映し出すだけ。

現状に心が警鐘《けいしょう》を鳴らすも、それは身を案じるものじゃない。

彼は私の手を掴んでいても本気じゃないのがわかるから。

無理やり力で捻《ね》じ伏《ふ》せるつもりはないって伝わってる。きっと言葉通り、私を困らせる魂胆《こんたん》なんだと思う。

そういえば、昔クラスメイトの男の子も私のことが好きだからからかってるって、史奈ちゃんが言ってた。私を好きだったたって言われても、ずっと嫌なことを繰り返されているだけでそんなの全然うれしくなかったけれど。

亮さんの行動は一見、昔の男の子と重なる。でも、実際はまったく違う。

彼は口ではひどいことを言っても、要所要所での態度がやさしい。

だったら今、私の中で危険を感じている理由って……。

「ああ。でも、『今は嫌いじゃない』んだっけ」

亮さんは蜜《みつ》を含んだ声でぽそっと耳孔《じこう》にささやいた。刹那、私の体温は急上昇する。

絶対にわざとだ。あの日の私の言葉を、敢えて強調して言った。

「奇遇だな。俺も、いじめたくはなっても嫌いではない」

心臓が大きく脈を打つ。

私、この恋に嵌《はま》ってしまいそうだったから警鐘を鳴らしてたんだ。

彼の本当の気持ちも聞けない状態で彼に嵌れば、もっと苦しくなりそうで慎重になる。奥底に燻《くすぶ》っている恋心は、この先私をどう変えてしまうかわからなくて。

「――ッ!?」

ぐるぐると考え込んでいたら、あっという間に唇を奪われた。

それは三日前の情熱的なキスではなく、やさしいキス。まるで、不慣れな私に合わせてくれているみたいな……。

数秒してゆっくり離れていった亮さんが言う。

「こういうときは目を瞑れ、亜理沙」

彼は笑いを噛み殺し、〝やり直し〟といったように角度を変えて唇を重ねる。

私は胸の奥から感情が湧き上がる感覚に戸惑いながらも、瞼を下ろした。

キスをした。それも、もう四回も……。

土日は頭の中はそればかり。ふわふわした気持ちでぼんやり宙を見つめる。

恋愛経験皆無の私にとって、男の人の手や腕、唇の感触は刺激的でなかなか慣れることがない。あの恍惚《こうこつ》とした感覚に、五感すべてを奪われる。

自分で唇に触れてもなにも感じないのに……。

直後、ボッと顔が熱くなる。身体中が火照《ほて》って、そわそわと部屋の中を歩き回った。

ふいに机の上のスマートフォンが目に入る。私はそっと手に取って、人差し指をディスプレイに滑らせた。連絡先の欄に《久織亮》の名前を見つけ、今までのことは全部現実なんだと実感する。

昨日、家まで送ってくれた際、別れ際に亮さんに言われて番号を交換した。

……また会えるよね？　こうして繋がりを持てているなら、きっと。

そして、ぼんやりしたまま休日が過ぎていき、月曜を迎えた。

出勤した私はオフィスに入る間際に深呼吸をし、気持ちを切り替える。

うっかりすれば、また亮さんを思い出す。

私はいつも以上に気合いを入れ午前中はなんとか通常通り業務をこなし、昼休みになった。

澁谷さんとリフレッシュルームでお昼をとっていると、近くの席にいた女性社員四人の会話が耳に入ってくる。

「えー。また別の合コンに行ったの？　続くねえ」

〝合コン〟ってワードはこれまで自分には関係なくて、今回も他人事で聞き流すはずだった。けれども、さらに続く会話の内容に意識を奪われる。

「だって前はハズレだったし。実は今回はもうキスまでしちゃった相手がいるんだ」

「早っ！　じゃあ久々に彼氏できたんだ。よかったじゃん」

「まさかあ。まだ詳しく知らない相手だよ？　こう、雰囲気に流されて……。まあでも、次の約束は一応してるけどね」

雰囲気に流されて――。

その言葉が胸に刺さる。急に大きな不安に襲われた。

私、ひとりで浮かれていたけれど、思い違いしているんじゃ……。

よくよく考えたら、亮さんから直接的な言葉は聞いていない。隣の席の女性社員の話みたいに、もしかしたらキスくらい、どうってことないものかも……。単に私が慣れてなくて舞い上がっていただけで。亮さんも、私が困るのを見ると楽しいって……そう言ってた。

「大迫さん？　そろそろ戻らないと」

「え？　あっ、うん。ボーッとしてごめんなさい」

澁谷さんに声を掛けられ、慌ててテーブルの上を片づけた。

ふたりで階段を降りる。総務部があるフロアに着き廊下を歩いていくと、ひと際目立つ女性がいた。

あの方は……佐枝さん。

彼女は私の前方を横切って、エレベーターホールへと行ってしまった。

「あの女性、最近ときどき見掛けるけど綺麗だよね～」

「そうね」

私は笑顔で相槌《あいづち》を打ったものの、内心はどこかざわめいていた。

姿勢がよく背も高くて。百六十センチあるかないかの私と比べたら、十センチくらい差がありそう。亮さんも上背があるから、この間も並んでいてすごくお似合いだったと思った。彼女の場合、仕事もできると評判で、さらに大手企業の社長令嬢なのだから、私からすれば無敵な女性。

なんでもそつなくこなせそうな彼女の後ろ姿に、私は羨望《せんぼう》の眼差しを向けていた。


不穏な気持ちを抱えつつ、どうにか仕事を終えた。

今日は史奈ちゃんと久しぶりに会う約束をしていたから、なんとか頑張ることができた。

仕事後、六時半に池袋で合流する。その足で、私たちはインターネットで先に決めていたダイニングバーに移動した。

美味しい料理とお酒を前にしても、昼以降の鬱々《うつうつ》とした気持ちが晴れない。すると、史奈ちゃんのほうから切り出される。

「ねえね。で、結局のところ亮さんとはどうなってるの？」

彼女は興味津々といった様子で、身体を前のめりにして聞いてくる。

普段からよく連絡を取り合っている仲だけど、亮さんの件だけは詳しく報告していなかった。正確に言うと、そういう余裕がなかった。

だって、初体験ばかりで、思い出しては舞い上がっていたから……。

「とりあえず、スマホを渡しには行ったんだもんね。それから、亮さんが亜理沙のところまで会いに来て連絡先も交換して……って順調じゃない？」

史奈ちゃんが明るく言ってくれたけど、私はうまく笑えずにいた。

「亜理沙……？　どうしたの？　なにかあった？」

史奈ちゃんは心配そうに私の顔を覗き込む。

ずっと考えていた。彼にとって、私はちょっとでも特別な存在なのかな……って。

私だったら、なんとも思っていない異性に会いに行ったりしないだろうし、当然キスだってできない。けれど、亮さんは……？

ふいに亮さんとのキスを思い出し、頬が熱くなる。史奈ちゃんはそんな私の変化を目敏《めざと》くキャッチしたらしく、ずいっと顔を近づけてきた。

「え！　ちょっと待って！　まさかもう付き合って……」

「ちっ、違うの！　……っていうか、わからないの」

「ん？　わからないって、どういうこと？」

訝《いぶか》しげに眉を寄せる史奈ちゃんに、私は羞恥に耐えてキスまでの話をたどたどしく説明した。途端に店内に史奈ちゃんの声が響く。

「えええっ！」

「ふ、史奈ちゃん、こ、声っ」

「ちょっ……待ってね。さすがに思考がついていかない」

史奈ちゃんも驚きのあまり、すぐには理解しきれなかったみたい。

「そ、それでね？　私ひとりで舞い上がっちゃって冷静に考えられなかったんだけど、今日ちょっとしたきっかけでふと疑問になったの。これって、やっぱり気まぐれで構《かま》われてるだけで、私は彼の〝特別〟なわけじゃないんじゃないかな……？　って」

だんだん落ち着きを取り戻した史奈ちゃんが、真面目な顔つきで聞いてくる。

「はっきりと『付き合おう』とは言われてないんだ？」

ストレートな質問に、胸をひと突きされた。

私は無言で首を縦に振る。すると、史奈ちゃんは額に手を添え、「うーん」と唸り声を漏らした。彼女の反応を見て、やっぱりフォローできないような関係なんだという結論に達する。

彼は、恋愛ものの物語でたまに見る〝大人の関係〟だけを求めているのかな……。

「やっぱり私、遊ばれてる……?」

私が落胆していたら、史奈ちゃんはぽつりとつぶやく。

「ん、ごめん。初めはそう考えちゃった。だけど、やっぱり遊んでるとは思えなくて」

予想外の言葉を聞いて、顔を上げた。

「確かに亮さんってパッと見、女性と軽い付き合いしてそうな雰囲気の人ではあるよ。ただ、そういうタイプの男性って亜理沙みたいな女の子は避ける気がする」

「私みたいなのを避ける……?」

「ほら。亜理沙は純粋でしょう? 下手に手を出せば、本気にさせちゃう可能性があるから。遊ぶには向いてないよ」

自分や彼の客観的な見解を聞き、複雑な心境に駆られる。

「というか、これまでは知らないけど、私の知る亮さんなら、たぶん遊んだりしない人な気がする。亜理沙が言ってたじゃない。女性に冷たく接してたって」

「そう、だけど……」

パーティーのときの女性と……佐枝さんにも淡々とした対応をしてた。私が直接目にしたのはそのくらいだから実際はどうなのかわからない。

お見合いは全部すっぽかしてきたって本人から聞いたけれど、単純に〝お見合い〟が嫌だっただけかもしれないし……。

私が浮かない顔をしていたせいか、史奈ちゃんは懸命に明るい声で言った。

「つまり裏を返せば、亜理沙に本気なのかも。なんとも思っていない相手にわざわざ会いに行かないよ。って言っても、あくまで私の予想だけどね」

信頼を寄せている友人に言われ、ほんの少し気持ちが浮上する。

「亜理沙は努力してるんだし、そのままでいいんだよ。もっと自信持って」

史奈ちゃんはニコッと笑って、私にたくさん料理を取り分けてくれた。


次の日。

不安な気持ちを吐き出して聞いてもらったおかげで、少し気持ちは軽くなっていた。

黙々と仕事をこなし、ようやく定時を迎えたと脱力したときにスマートフォンが振動する。

まだ部署内にいた私は、とりあえず発信主だけ確認しようと、ディスプレイに目を落とした。そこに《久織亮》と見えた途端、慌てふためく。

ど、どうしよう……！　仕事は終わってるけど心の準備が……。ううん。史奈ちゃんも『自信持って』って言ってくれたし、ここは自分の気持ちに素直になって。

私は席を立つや否や、スマートフォンを片手に廊下に飛び出した。奥まった場所にある化粧室前で、こっそり応答する。

「もっ、もしもし」

『亜理沙？　電話に出たってことは、もう仕事終わったのか』

直接会って話すのもまだ慣れないけど、電話はもっと慣れない。亮さんの低い声が耳に直接届くと、たちまち背筋が伸びて頬が上気する。

「は、は、はい。まだオフィスではありますが……」

緊張しすぎて、いつにもまして口ごもってしまった。

視線を落ち着かなく彷徨わせていたら、『くっ』と喉で笑われた。

『へえ。まだオフィスなのに電話に出てくれたなんて光栄だな』

「……一応就業時間は過ぎているので」

ダメだ。電話だと耳のすぐそばでささやかれているようで、ドキドキしちゃう。

『今日は空いてるか？』

激しい動悸に言葉が詰まる。私は時間を掛けてどうにか「はい」と返したものの、あからさまに声が震えてしまった。

『じゃあ、迎えに行く。この間と同じパーキング前で』

用件のみで通話を切られ、私は耳からスマートフォンを離した。しばらく茫然と見つめて史奈ちゃんの助言を思い出す。

――『難しいかもしれないけど、はっきりするまで押しに流されちゃダメ。スキンシップを拒めば、向こうもなにかこれまでと違う反応を見せるかもしれないし』

……よし。落ち着いて。自分を強く持って。

一度化粧室に入り、鏡の前で深呼吸を繰り返す。

正面に映る自分は、不安を抱えつつも、どこかうれしそうな表情をしていた。

うちのオフィスから久織建設本社は、車でおおよそ二十分。逆算をし、早くて五時半頃に到着かなと予想した。

帰り支度をして今は五時二十五分。ちょっとギリギリ。辺りを見回したり頻《しき》りに前髪を整えたりして待っていたら、見慣れた車が目の前に停まった。私は車へ駆け寄る。

未だに自分から乗り込むのに気が引けていたら、ウインドウ越しに『早く』と急《せ》かされ、慌ててナビシート側に移動した。

「失礼します……」

遠慮気味にシートに座り、そろりとシートベルトを締める。すると、すぐに車が動き出した。運転する姿を盗み見て、いっそう心臓が跳ね回る。

たった一日会わなかっただけで、また彼に対する免疫がリセットされている気がする。冷静に考えれば、もう十年以上も男の人との付き合いを避けてきたのだから、そう簡単に慣れるわけないよね。

沈黙が流れる車内でそわそわしていたら、ようやく亮さんが口を開く。

「今日は外食を許してくれるよな？」

「え？　あ、は、はい」

あたふたと答えると、彼は私を一瞥し、ニッと口の端を上げた。

「ようやく真面目な優等生の亜理沙に了承得たから、久々に好きなもの食べに行こ」

彼をちらりと見れば、意地悪な目つきだ。

外食を許す……ってなんの話かと思えば、一昨日の話をしてるのね。前回、私が病み上がりの身体には外食はあまりよくないのでは……って意見したものだから。

それにしても、真面目かな？　……至極《しごく》普通のことだと思うのだけど。

「不服？」

「いいえ。私は苦手なものはないので、どうぞお好きなところへ……」

「そうじゃなくて、真面目な優等生って言われるのが」

鋭い指摘に目を瞬かせる。戸惑っていたら、得意満面《とくいまんめん》に返された。

「だって、面白くなさそうな顔してた」

そこで信号が赤になり、車が停止する。亮さんの顔がおもむろに私を向くのを見て、動揺した。

「だけど、亜理沙は誰が見たって道を踏み外さない、清廉《せいれん》なお嬢様で間違いないんじゃないか？」

彼の揶揄するような言葉に、得《え》も言われぬショックを受けた。

やっぱり私の反応が面白くて、からかっているのかもしれない。

視線を落として小さく唇を噛んでいると、亮さんはおもむろに手の甲を私の頬に滑らせた。びっくりして目を瞑る。

「そんなやつが定時過ぎてたとはいえ、オフィスでこっそり俺からの電話を取るのは背徳感《はいとく》を抱かずにいられなかっただろうな」

再び視界を広げると、彼はどこか満足げに微笑んでいた。


その後、どちらも会話を投げかけないまま十分ほど走り、表参道《おもてさんどう》に到着した。屋内駐車場に車を止め、外に出る。結局どこへ向かっているかわからず、黙って俯いて彼の一歩後ろをついて歩いていく。

亮さんがすぐ近くのビルに足を向けたとき、横から女性の声がした。

「亮！　偶然が続くわね」

顔を上げれば佐枝さんがいて、私は驚いた。

「なに？　これから食事なの？　もしかしてそこの鉄板焼《てっぱんや》き？」

「そうだけど」

「やっぱり。大学時代から好きだったものね。このビルのお店でしょ？」

大学時代……？　ふたりは学生時代の知り合いだったのね。

佐枝さんは淡々と返す亮さんにもめげず、うれしそうに笑って話をしている。私は居場所がなくて、気配を消していた。

「そうそう。この間亮のお父様《とうさま》にお会いしたわ。今度亮も交えて一緒に食事でもって誘ってくださって」

「あのさ。もう腹《はら》が減ってて、それ以上どうでもいい話が長引いたらイラつきそう」

亮さんは佐枝さんの話を容赦《ようしゃ》なく遮って、ぶっきらぼうに言って退《の》ける。かなりドライな対応に驚きを隠せない。

それにもかかわらず彼女はやっぱり堪えておらず、笑みを浮かべて言い返す。

「お腹が空《す》いてなくったって、大抵イライラしてるじゃない。そちらは、お連れ様？　あら……？　失礼ですが私たちどこかでお会いしませんでした？」

急に私に注目され、ビクッと肩を竦める。内心狼狽えたものの、ビジネスモードに気持ちを切り替えて丁寧に一礼した。

「直接ご挨拶させていただくのは初めてです。わたくし、大迫不動産の大迫亜理沙と申します」

「大迫……？　では、大迫社長のお嬢様でいらっしゃいますか」

「ええ。いつも弊社《へいしゃ》が大変お世話になっております」

父やうちの会社を知っている人に名乗れば、いつも同じ反応が返ってくる。今回も例外ではなかったため、思ったよりも落ち着いて対応できた。

「そうでしたか。これまで存じ上げず、ご挨拶が遅れまして申し訳ありませんわ」

「いえ。社内では一社員ですから。どうぞお気遣いなく」

佐枝さんはニコッと笑い、さらに尋ねてくる。

「失礼ですが、どちらの部署に？」

「総務部に配属されております」

「私は主に情報システム課へ訪問させていただいているのですが、総務部も同じフロアでしたよね。どうりでどこかでお見掛けしたことがあると思いました」

私がニコリと笑って応えると、彼女は流暢《りゅうちょう》に話を続けた。

「新しく弊社のシステムを導入していただくことになり、しばらくの間は定期的にお邪魔することになるかと思います」

しっかりとした挨拶をされて、やはり彼女は才色兼備なのだと圧倒される。

それでも私は私なりに、父の顔に泥《どろ》を塗らないよう丁寧に頭を下げた。

「そうでしたか。今後とも、どうぞよろしくお願いいたします」

瞬間、ふいに肩を抱き寄せられる。

「おい。これ以上邪魔するな」

亮さんが一蹴して、かしこまった雰囲気が一瞬で崩れる。

「せっかくだし一緒に食事でも……と思ったけど、今日のところはやめておくわね」

佐枝さんは私にちらっと目線を移して言った。

「では。大迫さん、失礼いたします」

そして彼女は、粛々とお辞儀をして踵を返していった。

佐枝さんが見えなくなり、ひそかに肩の力を抜く。亮さんを見れば、無表情でなにを考えているかわからなかった。

彼は黙ってビルに入り、エレベーターホールに向かう。エレベーターを待っている間もお互い無言で、どことなく気まずい雰囲気が漂っている。私にはこの空気を打開する術などなくて、ただ静かに時間が過ぎるのを待つしかなかった。

最上階についた私たちは、鉄板焼きのお店に入った。

カウンター席の目の前で食材を焼いてくれるスタイルのお店。店内の雰囲気やシェフの落ち着いた佇《たたず》まいからして、ここもとても格式の高い店なのだろうと察した。

オーダーは亮さんにお任せして、私は黙って隣に座っていた。

彼がオーダーしたコースの旬の野菜が、目の前で食欲をそそる音を上げながら調理されていく。

私たちはふたりとも、しばらく黙って鉄板を眺めていた。

さすがに食事を終えるまでずっと無言なのはつらい。シェフも料理を提供したお客さんがだんまりだったら変に思うに決まってる。

私はかなり思い切って、ぽつりと切り出す。

「佐枝さんとはお知り合いだったんですね」

「大学で学部が一緒だった。それだけ」

彼の返答に、ふたりは特に親密な関係ではなかったと知り、胸を撫で下ろす。

しかし、その後会話は手詰まり。私は鉄板のズッキーニが透明な色に変わっていくのを見つめ、懸命に言葉を探す。

「あ……でも、お父様とも面識があるようなことを仰《おっしゃ》ってましたね」

ただでさえ話をするのが苦手。だから新たな話題を探す余裕もなく、直近の出来事くらいしか浮かばない。

「俺は一切関係してない」

淡々と言われ、さすがにそれ以降は口を噤んだ。

亮さんから不機嫌なオーラが出ている気がして、ますます隣に目を向けるのが難しくなった。

気が重くなっていた矢先、亮さんに注意される。

「この店、特に肉が美味《うま》いから残さず食べるように。亜理沙、ちょっと細すぎる」

パッと顔を上げて見たら、いつものちょっと意地悪な表情を浮かべて笑う彼に戻っていてほっとした。

前菜から始まったコース料理は、野菜から海老《えび》や帆立《ほたて》の海鮮、メインは神戸牛《こうべぎゅう》。さらにはデザートまでついてきた。

支払いをしようと財布を出す直前に、亮さんに「いらない」と言われ、なんとなく雰囲気的にそれ以上食い下がれなかった。

これまで何度かともにした食事の支払いは、すべて亮さんがしてくれている。私はお金を渡す勇気も出なくて、ひとことお礼を言ったものの、もやもやした気持ちでエレベーターに乗っていた。

途中、ひと組のカップルがエレベーターに同乗してきた。私と同じくらいの年齢の男女で、仲睦《なかむつま》まじく手を繋いで話をしている。

普通、恋人同士だったらデートのときの支払いはどうするんだろう。毎回男性が払う……？　いや。恋人って対等な関係なんだろうから、毎回っていうのはないかな。亮さんはどう考えるタイプ……？　そもそも、私と亮さんが対等になれる日が来るとは到底思えない。それに、デートだって言い切れる自信もないし……。

……そうよ。私、亮さんの恋人でもなんでもないのだから、理由もなく頻繁にふたりで食事をするっておかしいんじゃないのかな。

一階に着いてビルを出る。駐車場へ到着し、私は車の前に立った際に足を止めた。

「どうした？」

「……私、電車で帰ります」

やっぱりおかしいよね。恋愛経験ゼロだって、そのくらい薄々わかる。

何度かふたりで会うだけならまだしも、その間にもう何度もキスしてる。……にもかかわらず、次に会えばまた元通りになっていて、近づきも離れもしない。約束を交わすこともなく、ひっそりと彼からの連絡を待つだけなんて――。

この先も現状が続くなら、自分の恋心を押さえつけてでも、きっぱりと終わらせたほうがいい。

ごめんね、史奈ちゃん。気を遣って一生懸命《いっしょうけんめい》私をフォローして応援してくれたのに。だけどこれ以上一緒にいたら、こんなに大きな不安を抱えたまま、つい流されちゃう気がして……。そうなってしまう前に離れるのがいいと思ったから。

「は？　なんで急に」

私の宣言に、亮さんはめずらしく目を丸くしていた。

低い声に足が震えそうになる。下を向くのをグッと堪え、眉間《みけん》に皺《しわ》を寄せる亮さんをまっすぐ見た。

「これ以上、曖昧《あいまい》な状態で一緒にはいられません」

恋心を自覚してすぐ、この恋が実らなくても自然に風化するまで大切に持っていようと思っていた。

それはあくまで私個人の中の話で済むものだったから。

でも今はもう、私ひとりではなくて亮さんも実際にかかわってきている。

私には、わからないのにわかったようなふりをして一緒にいるような器用さはない。

握る手にグッと力を込めて、頑張って胸の内を伝える。

「私は子どもで……佐枝さんみたいな大人の女性にはほど遠いので、きっと亮さんの求める関係は続かないと思います」

ビル内の駐車場は静か。おかげで私の小さな声でも彼に届いたと思う。

心臓がドクドクと脈を打ってる。足が竦む。

瞬間、彼が鋭い目つきに変わる。私は途端に硬直し、息を呑んだ。

仄暗《ほのぐら》い屋内駐車場に、彼の足音が響く。一歩一歩、やたらとゆっくり、確実に私に迫ってくる。

私が後ずさるも彼は構わず距離を縮めてきて、とうとう壁際《かべぎわ》に追い詰められた。

この状況、どう足掻《あが》いても逃れられない。

涼しい双眸から視線を逸らせない中、私は唇を震わせながら言った。

「そもそも……お互いお見合いを避け合ったのに、こうして会っているのがおかしいですし……」

亮さんは眉ひとつ動かさず、黙って私を見続けている。

なんの反応もないのが、やけに怖くて手が震える。さすがに限界がきて、ふいっと目を逸らし俯いてしまった。

背中にひんやりとしたコンクリートの壁の感触を感じる。しかし、震えているのは壁の冷たさが原因ではないとわかっていた。

突然、亮さんが長い人差し指を私の喉に突きつけてきた。私はビクッと肩を揺らし、顎を上げざるを得なくなる。

彼の指先は私の肌に微かに触れながら、ゆっくりと胸元まで降りていった。

視界の隅で怖々《こわごわ》と綺麗に整えられている爪の先の動きを追う。ついに見えなくなった直後、ブラウスのボタンの隙間に指先が侵入してきた。

緊張が最高潮に高まり、身体を強張《こわば》らせた刹那、亮さんがついに口を開く。

「俺が求める関係？　それって、この服を引き裂くように脱がして白く柔《やわ》い肌に歯を立てて啼《な》かせるだけの……とか、そういうこと？」

妖艶《ようえん》な眼差しでより具体的に言葉を並べられると、こっちが赤面してしまいそう。

〝大人の関係〟とは、やっぱりそういうものなのだと思い知らされる。

私が無言を貫くと、亮さんは指を離す代わりに顔を近づけてきた。

「お前、自分をわかってる？　どう考えても身体だけの関係には向かないタイプだろ。それを求めてるやつは、わざわざそんな相手選ばねえよ」

亮さんがなにを言わんとしているのか、頭の中がぐちゃぐちゃで理解しきれない。

困惑のあまり、涙を浮かべた。

亮さんは、ため息交じりにがしがしと頭を掻く。

「あー。けど、そうだな。なんにもわからないんだもんな。このお嬢様は。どう見ても男は初めてだろうし、余計なことばっか考えて無駄に不安になってるのも頷ける」

彼は伏せていた瞼をおもむろに押し上げ、深い色の瞳を露わにする。

熱情のこもった視線を受けた私は、頭の中が真っ白になった。

「亜理沙。俺のものになれよ」

「亮さん、の……？」

突如切り出された文句を訝しく思い、無意識に繰り返す。

亮さんは呆《あき》れ交じりに息を吐き、再び私をまっすぐ見た。

「お前、また違う方向に考えてるだろ。俺は、付き合おうって言ってる」

「付き……？　んっ……」

唖然としてつぶやくや否や、壁に手を縫いつけられ、強引に口づけられる。私を侵食するキスは甘美《かんび》で、とてもじゃないけど太刀打《たちう》ちできない。

膝の力が抜けそうになる中で、ぽつりと尋ねた。

「ど……して……」

一度破談に持っていった私に付き合おうだなんて。

疑問が解決するどころか、またひとつ増えてしまった。

彼の腕の中で必死に考えても、もはや私の意識は彼のキスに呑まれてしまう。

霞《かす》む視界には、亮さんが楽しげに緩ませる口元が映っていた。

「ほら。俺を振りたいなら本気で逃げろ。見合いのときみたいに」

『逃げろ』と言ったくせに、彼は私を捕らえて離さない。そして、私の理性を容易《たやす》く壊すその罪な唇で、有無を言わせず封じ込める。

「あ……ふっ、ん、ん」

乱暴なのに気持ちがいい。徐々に力が抜け落ち、逃げる余力もないほど溶かされる。

彼のひとりよがりにも思えたキスは、次第《しだい》に互いのものに変わっていた。

唇が離れたのち、乱れた呼吸で蕩《とろ》けた瞳を目前の彼に向ける。

「残念。タイムオーバーだ。もう逃がしてやらない」

亮さんが、ふっと微笑んだ。一瞬だったけれど目に焼きついて、胸が切ない音を立てて締めつけられる。

彼は飽きもせず、また私の唇を求める。私も自分でも知らなかった欲望に身を委ね、背中に手を回した。

亮さんが私を本当に好きかどうかはわからずじまい。

それでも私は『付き合おう』というひとことと、抱きしめる力強い腕に敢えなく陥落する。

もう引き返せない。私は彼のほうへと一歩踏み込んでしまった。

遠のく意識の中、彼の言葉と情熱的な唇を信じてみようと心に誓った。

5．大人のキスして

晴れて恋人同士となってから、休日はほとんど、平日もときどき仕事のあとに亮さんと会っていた。

当然、私から誘うのは無理難題《むりなんだい》。彼はきっとそれをわかっていて、今日までずっと連絡をする役目を買って出ているのだと思う。

亮さんは、これまでとなんら変わりはない。

会えば適当にドライブして食事をして、時間によっては亮さんのマンションへ寄る。恋人同士のデートでイメージしていた、街中を歩いたりショッピングをしたりというデートはなかった。

ふたりでいる間も、会話は最小限。沈黙の間は今でも緊張するけれど、どうやら彼のありのままがこういうスタンスらしい、と感じてからは委縮しなくなってきた。

とはいえ、亮さんについては、まだまだ知らない。

彼は決まって九時までに私を家に送り届けてくれる。

『好き』と言葉に出してもらってはいないものの、そういう亮さんの行動の端々に彼の本質が見える気がして、案外心穏やかに過ごせていた。

私の初めての恋が実ったのを、史奈ちゃんは自分のことみたいに喜んでくれた。

彼女とは、これまでも十分楽しく話をしていた。けれども、恋の話もできるようになった最近では、いっそう盛り上がっていた。

そんな日々を繰り返し、多忙な月末を越え、八月初旬。

月初めの山積みだった仕事を終えた水曜日、私は亮さんの連絡を待っていた。

最近なんとなく気づいたのは、平日は水曜日に誘われることが多いということ。

私服に着替えながら、開きっぱなしのロッカーに置いたスマートフォンに視線を預ける。が、なにも変化はない。私はひそかに落胆した。

ううん。がっかりするよりも、考え方を変えよう。今こうして彼からの連絡を待っているだけで、大きな進歩。

ずっと男性が苦手なまま生きていくかもと思っていた。こじらせた苦手意識は大人になっても、なかなか改善できなかったから。

一歩踏み出すきっかけと勇気、憧れをくれた史奈ちゃんに、心から感謝してる。もちろん、ちょっと強引で意地悪だけど、広い視野で支えてくれる亮さんにも。

そのとき、スマートフォンが振動した。びっくりして一度息を止め、慌てて手に取る。表示されている名前を見て迷わず応答した。

「も、もしもしっ」

『電話に出たってことは、今日は残業はないのか』

「はい。もうすぐ会社を出るところで……」

『そう。じゃ、早く来て』

通話が切れたスマートフォンを凝視する。

『早く来て』って……もう近くで待ってくれているんだ。

私は急いでロッカーを閉め、小走りでオフィスを出た。


待ち合わせ場所はいつも一緒。

オフィスを出て、大通りに沿って行き、ひとつ目の信号を渡って右に曲がる。十数メートル先にコインパーキングの看板が見えてくる。

走って着いたパーキングにはひと際目立つ黒い車。そして、運転席に座る亮さん。

フロントガラス越しに目が合って、私は一旦止まってぺこりとお辞儀をした。顔を戻せば、亮さんが呆れながら立てた親指でナビシートを示す。

「お前、いちいち丁寧に頭下げるのいい加減《かげん》やめろ」

「えっ。あ……すみません」

ドアを開けるなりそんなセリフが飛んできて、咄嗟にまた頭を下げる。亮さんがひとつため息をつく中、そろりと車に乗り込んだ。

走り出してから、彼の横顔にぽつりと漏らす。

「……待っていてくれたんですか？」

もしかすると定時で上がれない可能性もあったのに、待つのは嫌いだと前に言っていた亮さんが……。

自己中心的な考えが浮かんで、胸が高鳴る。亮さんはギアのボタンを操作しながら、さらっと答えた。

「取引先から直接来たら、少し時間が余っただけだ。今日は予定もなかったからな」

「そうだったんですね」

初めての恋に溺れているせいで、いちいち自分のためにしてくれているのかな、って期待を抱いてしまう。

誰かを好きになるって、こんなにも自分を変えてしまうものなの？　自分自身も知らない部分を引き出されるのは正直怖い。でも、それをも上回って、幸せを感じてふわふわと酔いしれる。今ならなんでも挑戦できそうな気がするほど。

「さて、どこへ行こうか……あまり遠くは行けないし」

「今日は……前にお話した通り、私が用意するのはダメですか……？」

思い切って提案するも、やっぱり反応が気になって亮さんの顔色を窺う。

毎回、食事で掛かった費用を支払おうとしても受け取ってはもらえなくて気を揉んでいたら、この間彼に言われた。

『ときどき家で飯を作ってくれればそれでいい』と。

実際は手料理するときの材料費も、結局亮さんが出してしまうから同じではあるのだけど。今の私は料理でしか返せないというなら、それを全うするしかない。

「じゃ、そうするか」

亮さんが了承してくれて、ほっと胸を撫で下ろす。

マンションまでの道中は、いつも通りで会話は多くなかった。

考えれば、恋愛初心者で男性限定の話下手の私にとっては、そのくらいがちょうどいいのかもしれない。

食事を終えた私はキッチンに立ち、洗い物をしていた。アイランドキッチンから見える掛け時計の短針は、もうすぐ八に届きそう。

蛇口《じゃぐち》を止めたタイミングでキッチンへ亮さんがやってくる。

「コーヒー……ですよね？　今日は私が用意しましょうか？」

「いい。座ってて」

亮さんは必ず、食後にコーヒーを淹《い》れて飲んでいる。

うちにもコーヒーメーカーはあるものの私はコーヒーを飲まないし、ここにあるのは特に凝ったコーヒーマシンで操作に自信がなかった。何度かこっそり手順を盗み見て、今日こそは代わりに淹れられそう、と思ったのに断られてしまった。

すごすごとリビングへ行き、ソファの隅に浅く腰を下ろす。

キッチンに立っている亮さんは、コーヒーを淹れているだけで絵になる。思わず見入っていたら、ふいにこちらを振り返ったので慌てて目線をずらした。

「ほら」

「えっ？」

彼は気づけば私の目の前に立っていて、マグカップを差し出している。私はどぎまぎしてマグカップを受け取った。中身を見れば、透き通った鮮紅《せんこう》色。香りから察するに紅茶みたい。

びっくりして隣に座った亮さんを凝視する。

「こ、これって……？　亮さん、コーヒー派だって前に……」

「コーヒー豆が切れそうだったから、最近ついでに一緒に買った」

「ついで……？」

確か三日前に、使いかけのコーヒー豆がまだ半分くらい残ってたのを確認した。

『ついで』と口実を言ったり、私を思い出して紅茶の葉を買ってくれたりしたのが素直にうれしい。

「ふふ。ありがとうございます」

頬を緩ませ、淹れてくれた紅茶をひと口飲んだ。芳醇《ほうじゅん》な香りが鼻孔《びこう》に抜けていく。

「美味しいです。あっ……」

温かい気持ちになっていたら、ふいうちで亮さんが手を伸ばしてきた。私の手のマグカップを奪い、サイドテーブルに置くや否や肩を掴まれる。彼は照明を遮って、私に影を落とした。

唇が重なり、次第に深くなっていく。初め、ほんのりとコーヒーの苦みが伝わってきたけれど、すぐに感覚が麻痺して味もわからなくなった。苦手な味すらも上書きされて、彼でいっぱいになる。

濃厚なキスにも日に日に順応している自分に驚く。いったい、この先はどんな世界が広がっているのか見当もつかない。

背中に添えられていた手が、後半には私を引き寄せて離さない。私がソファに倒れ込んだところでキスは止んだ。

唇や舌に亮さんの感触が残ってる。薄っすら目を開くと、彼はふいっと顔を背けた。

「これ飲み終えたら送る」

急に素っ気なく言われ、我に返った。しかし、私の胸はドキドキしたまま。

なんだか身体の芯が熱い。頭の奥もまだ少しぼんやりしてる。

私が体勢を戻して気持ちを切り替えている間に、亮さんは涼しい顔でコーヒーを飲んでいた。


金曜日。休憩中の私は浮かない気持ちでリフレッシュルームのカウンター席に座っていた。

一昨日から、ずっと悩んでいる。

日を追うごとに亮さんの存在が私の中を占めていく。会うたびに初めの頃とは違う緊張感を抱き、相乗して自分が変わっていくのを実感していた。

けれど、幸福な感情だけで埋め尽くされているのかと問われれば、そうでもない。

水曜日に亮さんのマンションへ行ったあたりから、じわじわと得も言われぬ不安が広がっていた。

あの日、私のために紅茶を買ってきてくれていたりと、うれしい出来事はあった。ほかは至っていつも通り。一緒に食事して、ときどき言葉を交わして……キスをして。

彼と口づけた記憶を辿れば、たちまち胸の奥が熱くなる。火照る身体をどうにか鎮めようと自分を抱きしめた直後、ふっと心に靄《もや》が掛かった。

彼の部屋でふたりきりでも、毎回キスだけで終わる。交際もなにもかも未経験な私でも、その先についてまるで知らないわけではない。

まあ……詳しくもないけれど……。

一昨日は、なんとなく……〝キスの続き〟がある気がした。

極度の緊張と、ほんの少しの期待。

きっと私は彼と過ごす時間が増えていくにつれ、期待が大きくなっているのかも。だから、いつも途中でやめられてもどかしい思いを抱く。

怖いけど……望んでいる気持ちがあるのも本当。経験のない私は彼に委ねるしかないから、キスだけでストップされるたび、私になにか原因があるのでは？　と心配になってる。

誰かに聞きたい……。でも、さすがに史奈ちゃんにも聞けないよ、こんなこと。

窓の外を眺めながら、小さなため息を落とす。そのとき、後ろに誰かがやってきた。

「海外緑化事業？　そんな計画が挙《あ》がってるんだ」

「そんなの実施された日には、元々海外赴任《ふにん》してる人も結構いるのにさらに人取られるんじゃないの？　俺、彼女いるし今は海外異動とか勘弁してほしいな」

どうやら私の存在には気づいてないみたい。大抵の社員は社長令嬢の私に聞かれていると知れば、些細《ささい》なグチなど失言しないよう気を張るようだから。

海外赴任かあ。家族旅行で何度か海外に行った経験はある。とはいえ、プライベートで行くのと仕事で行くのとでは全然違いそう。海外のオフィスではどんな感じで仕事をするのかしら。

今はまだ総務の仕事しか知らない私じゃ、なにもできないのは明白《めいはく》。もっとも、父が承諾してくれるとも思えない。でも……関心はあるなあ。

私は興味を駆り立てられ、背中越しの男性社員の会話に耳をそば立てる。

「あ、でも上司の話を小耳に挟んだ。それ久織建設との共同事業になるらしいよ。向こうからも人は出されるはずだから案外少なく済むのかも」

久織建設？　共同事業の話があったの？　あ！　亮さんが以前言っていたうちとの

仕事って、このことなのかも。海外となればきっと大きな仕事だろうから、重役の亮さんが直接足を運んでいたのも頷ける。

はっとして腕時計を見る。休憩時間がもうすぐ終わるのに気づいて、急いで階段へ足を向けた。

総務部のある二十二階のフロアに出た瞬間、間近に人がいて足を止める。

「あら。大迫さん。お世話になってます。先日は突然失礼しました」

立っていたのは佐枝さん。そういえば、以前も休憩から戻る流れで彼女を見掛けた。

ふいうちの再会にあたふたするも、表向きはどうにか冷静に対応する。

「佐枝さん。いえ。こちらこそ。これから打ち合わせでしょうか？」

「ええ。でも担当の方の戻りが少し遅れているようで」

「そうでしたか」

なんとなく気まずい。この間、プライベートで亮さんと一緒にいるところに会ったわけだし、なんというか……どういう顔をしていたらいいの。

私が言葉を探している間に、彼女から聞かれる。

「大迫さんと久織亮さんはお付き合いしていらっしゃるの？」

「え……」

やっぱり、気になるよね。亮さんと私って組み合わせは、お世辞《せじ》にも合うとは言い難いもの。一応、肩書きだけで見れば意外でもないのかな……。それは不本意ではあるけれど。

「あ、ごめんなさい。彼と私は大学時代の友人なもので、ちょっと個人的に気になってしまって」

ニコッと邪気のない笑顔を見せられ、戸惑うばかり。

私たちの関係を私の口から伝えても問題ないのかな……。けど、この場をうまくやり過ごす方法もわからないし、なによりあまり嘘は言いたくない。お見合い代役の件で凝りているから。

「はい。お付き合いさせていただいております」

私は彼女の視線に急かされ、思い切って宣言する。

まだオフィスでは誰も知らない事実だけど……わざわざうちの社員に私たちの話をしたりしないはず。それこそ個人情報の漏洩《ろうえい》にもなりかねないもの。

「……では、すでにご婚約されていたり？　久織建設の次期社長と大迫不動産のご令嬢のおふたりだと、世間を賑わせそうですね」

「えっ。いえ、具体的なことはまだ……」

「そうなんですか？」

なんだろう。うまく言い表せないけど、彼女の微笑《びしょう》が急に怖くなった。

佐枝さんがなにかするなど考えられないのに、嫌な予感がするのはなぜ？

「あ、担当の方がいらしたわ。足止めさせてしまい申し訳ありませんでした。それではまた、大迫さん」

私は慌てて頭を下げ、颯爽と去っていく凛とした彼女の後ろ姿を見送り、ほっと胸を撫で下ろす。あれ以上、話を続けるのはつらかった。

私はすっきりしない気持ちを払拭し、急いで部署へ戻った。


定時になった。私はまだ終わっていない伝票入力を、きりのいいところまで進めようと急いで取り組んでいた。

そのとき、ふたつ向こう側の先輩の席に、情報システム課の男性社員がやってきた。

確か彼は私の先輩と同期だったはず。

「お疲れ。もう終わる？」

「あ、悪い！　もう終わるから待って」

このあと食事にでも行くのかな、なんて頭の隅で思いつつ、入力を終えた私はデータを保存した。

「そういや今日、ＳＩＴＳのお嬢様が来ててさあ」

システム課の男性が発言した途端、電源マークにカーソルを合わせた手がビクッと震える。

「ああ。ＳＩＴＳ社長の娘だったっけ？」

「そうそう。その彼女が言ってたんだ。あの久織建設のとこの長男と……」

さらに飛び出してきたワードに、たちまち焦り出す。マウスから手を離して、思わずふたりを見てしまった。

佐枝さんに続いて亮さんの名前まで出てきたら、思い当たる内容はひとつ。

まさか、昼に話した私たちの関係をうちの社員に……？

ハラハラして、所在なき手を無意味に彷徨わせる。システム課の男性は、さらりと続けた。

「旧知の仲らしいぜ。久織建設の長男と比べられたらなあ。やっぱり高嶺《たかね》の花だよ。俺みたいな一般社員じゃ釣り合わないって改めて実感させられたわ」

「え！　お前、彼女を本気で狙ってたの？　それは無謀《むぼう》だな」

私と亮さんの話ではなく心から安堵する。

私が帰り支度を再開したあとも、ふたりはまだ談笑していた。

部署を出て廊下を歩いていたら、佐枝さんが脳裏に浮かぶ。今しがた男性社員の話題に上っていたうえ、彼女と遭遇した場所が視界に入ってきたせい。

高嶺の花、かあ。他社の男性社員が話題にするほどカリスマ性があるものね。私にはない魅力《みりょく》をたくさん持っていて羨ましい。

エレベーターに乗り込み、扉が閉まる際にふと思う。

そういえば、亮さんは周りが羨望の眼差しで見るほどの佐枝さんすら、冷淡にあしらっていた。あれほどなんでも揃った女性が近くにいるのに、私を選んでくれたのは……なぜ？

亮さんが『付き合おう』と言ってくれたのは現実。でも、未だに彼の気持ちをはっきり聞いていない。『私のこと好きですか？』なんて、自分の気持ちを告白するのと同じくらい勇気がいるから……。

第一、すでに一歩踏み出して彼と付き合いだした今、それを聞いて望んだ答えが返ってこなかったときは……立ち直れる気がしない。

一階に到着してロビーを通る。エントランスを抜けたところで着信音が鳴った。翳《かげ》っていた気持ちも一変し、いそいそとバッグからスマートフォンを取り出す。ディスプレイを見て胸が弾んだ。

「はい、もしもし」

『俺』

彼の声を聞いた途端悩みも飛び、亮さんでいっぱいになってしまう。

『今、どこ』

「ちょうどオフィスの前に……」

『そ。じゃあ、待ってる』

亮さんが電話ではいっそう言葉が少なく会話が短いのにはもう慣れた。それよりも、走って数分の場所で待っている彼を想像してはうれしくなり、足が勝手に駆け出す。

滅多に運動しないせいで、たった数十メートルがつらい。でも、早く顔が見たい。

急く気持ちを抱いてパーキングに到着する。亮さんの車を見つけて近づき、おずおずとドアハンドルを引いた。

「お、お疲れ様です……」

まだ息が上がってる状態ではひとことが精いっぱい。

私が遠慮がちに足を乗せたあと、彼は呆れ交じりに言った。

「いい加減、スッと乗れば？」

「……すみません」

「まったく。それにそんなに急いで来なくても、誰も怒ったりしない」

「あ、いえ……。私が早く会いたくて……」

辟易した様子の亮さんに、首を竦めつつも本音を口にする。これは私にとって、かなりの進歩。

まだなにか言われるのかな、と構えて亮さんの反応を待つも、ぽかんとしてこちらを見ているだけでなにも言ってこない。

なにか変なこと言った……？

不安に思って顔色を窺う。すると、亮さんが苛立《いらだ》った感じでシートベルトを締めるのを見て、ビクッと肩を揺らした。

「ああ、もう。無自覚ってこれだから怖い」

「え……？」

「シートベルト締めたか？　動くぞ」

必死に彼の機嫌を損ねた原因を探るも、彼はそのあとはすっかり元通りで、私は首を傾げるばかりだった。

夕食を外で済ませて亮さんのマンションへ向かう。マンションに着いたのは、七時半を過ぎた頃。

明日は土曜日で休み。そのため、気持ちは開放的だった。

亮さんはリビングに入ってすぐ、スーツの上着を脱いでネクタイを外した。もう何度もその光景を見ているのに、全然慣れない。ドキッとして目を逸らしてしまう。

ふいにキッチンから音がして顔を戻した。亮さんが電気ポットでお湯を沸かそうとしているのがわかり、慌てて足を向ける。

「私が……」

今日もごちそうになった。いつももらうばかりでは気が引ける。せめてコーヒーを淹れるくらいはしたい。

「じゃ、カップ出して」

今日は私の申し入れを断られはしなかったものの、共同作業になった。

私は言われるがまま、いつも彼が使うカップと私が借りているカップを出した。

なにげなく亮さんを見たら、コーヒー豆をマシンに入れる横顔が綺麗で見惚れてしまった。

滑らかな肌に、高い鼻梁《びりょう》。がっしりとした首や肩、腕はたくましい。ワイシャツ越しでもわかる男性らしい引き締まった身体つきに、自分とはまるで違うと感じる。当然、女性である私よりなにもかも大きいし、力もある。なにかあれば太刀打ちできない。

……これまで、漠然《ばくぜん》とそんな不安感を不特定多数の男の人に抱いていた。けれど今、不思議なことに亮さんに対してそういった恐怖心はない。

「見すぎ。なに？」

ぱちっと目が合って動揺する。特になにか用があったわけでもないから、咄嗟に言葉が浮かばない。

どぎまぎして視線を泳がせていたら、亮さんがゆっくり近づいてくる。私の目の前でぴたりと足を止めたのを感じ、そーっと顔を上げていく。

瞬間、唇にキスをされた。

急激に高鳴る胸に自分で驚いて、今にも座り込んでしまいそう。

唇の端から端へ撫でるように角度を変えて続けられる口づけに、お湯が沸いた音も遠くなる。

彼の唇がやおら離れていく感覚に、頭で考えるよりも先に指先が動いた。無意識に彼の袖口《そでぐち》をクイッと摘まむ。

「んっ、ふ……う」

刹那、それをきっかけに腰を引き寄せられ、再び唇が重なった。

食べられそうなほど激しいキスに、今度こそ立っていられない。

いつしかカップボードに腰があたり、上半身が反り返る。体勢を保つのが苦しくなる直前、彼が大きな手で背中を支えてくれて楽になった。そして、もう片方の手は私の後頭部を包み込む。

呼吸が浅くなる。顔が火照る。頭の奥がぼうっとする。息苦しい……けど、やめてほしくない。

自分の中に、こんな感情が潜んでいたなんて——。

明らかにこれまでで一番熱く蕩けるキス。寸時《すんじ》離れるもすぐに口を覆われ、私から体力も思考力も奪っていく。

艶めかしい音を残し、ついに距離が離れた。私は上目で亮さんを見つめる。

彼の双眸はひどく熱を帯びていて、今でも火傷《やけど》しそうなくらい熱くて私の胸をさらに焦がす。

亮さんは私の頬を撫でたあと、顔を背けてコーヒーマシンの前に戻っていった。

私は言葉にならない感情を抱えながら、乱れた呼吸で亮さんを見つめる。

この燻《くすぶ》る想いはなに……？　苦しくて、切なくて。どうやったら、この感覚を解消できるの？

もうずっと、彼といる時間を重ねるにつれて、もどかしい気持ちが増していく。

私は手が震えるのを堪え、口を開いた。

「あ、の……私に至らないところがあるなら……はっきりと言ってください。善処します」

「は？」

疼《うず》く感情をどうにかしたくて、亮さんの横顔に向かって真剣に意見を乞《こ》う。彼はよほど驚いたのか、めずらしく目を白黒させていた。

私は足元を見て、ぎゅっと拳を握り勇気を振り絞る。

「い、いつも……その……途中まで、ですよね……？」

信じられない。自分が亮さんにこんなことを聞いているなんて。

キスのせいで意識がぼうっとしていたのが、だんだん冷静になってきた。途端に穴があったら入りたくなるほど恥ずかしくなる。

この空気に耐え切れないと涙目になった、そのとき。

「ひゃ……っ」

突然、視界が高くなる。抱き上げられて足がつかない状態に不安になり、堪らずしなやかな腕にしがみつく。亮さんを仰ぎ見れば、精悍《せいかん》な顔つきでキッチンをあとにし、しまいにはリビングまで出てしまった。

困惑している間にも、彼は私を抱えたまま凛々しい表情で廊下を闊歩《かっぽ》し、一番奥の部屋に連れられた。

ここ……ベッドルームだったような。以前、亮さんが熱で寝込んだ日に、ブランケットを探してベッドルームに一度だけ立ち入った記憶が蘇る。

仄暗い室内を横目で確認する。やはり、大きなベッドが設置されている。ここはベッドルームで間違いない。

緊張が高まる中、やや乱暴にベッドに降ろされた。悲鳴も声に出せないほど、急展開にドキドキが止まない。

上半身を起こそうと腕をついた途端、キスで押し倒される。

「んんっ、ふ……」

徐々に……ではなく、いきなりさっきの続きと言えるほど激しいキス。

キスの雨を降り注がれ、息を吸い込むのに必死になっていると、彼の手が私の腹部に置かれた。彼は私の口を塞ぎながら、身体を蹂躙《じゅうりん》する。そのうち、直《じか》に肌に触れた。

瞬間、電流が駆け巡ったように身体が跳ねる。

もう頭の中はパンク状態。私はただひとつ、必死に声を我慢することだけに専念した。そこを超えてしまえば、自分がどうなってしまうかわからなくて。

亮さんの唇は、気づけば私の唇だけでなく、頬や耳、首筋も這い回る。触れられるだけでも刺激が強いのに、時折肌に感じる彼の生温かい息が、私の鼓動をさらに乱していった。

大きいけど繊細な動きを繰り返す彼の手は、いつの間にか私の太腿《ふともも》まで降りて来ていた。そこで一度止まり、するするとスカートの中へ侵入する。足の付け根に到達しそうになった頃には、私は両手で顔を覆って硬直していた。

快感と焦燥《しょうそう》感が入り混じり、理性が保てない。

突然、彼がパッと手を離した。さらに身体も離し、距離をとって私を見下ろす。

「ほら。無理だろ？」

ゆったりした口調に緊張の糸が切れ、目尻に涙が溜まる。

おもむろに手を外し、亮さんを見た。なんだか随分久しぶりに、彼と目を合わせた気さえする。それだけ、今の時間が私には長く、必死な時間だったのだと思う。

「あ……」

声を出しかけた途端、コホコホッと咳込《せきこ》んだ。

無意識に喉の奥まで力を入れすぎていたせいで、声が掠れてしまっている。

突如、彼がなにも言わず部屋を出ていった。急にひとり残され、広い部屋がさらに広く感じられて、やけに悲しくなる。いい加減、面倒になったのかもしれない。

ベッドの上で膝を抱えて座り、きゅっと下唇を噛んで負の感情を懸命に堪える。そのとき、足音がして顔を上げた。

「ん。喉渇《かわ》いてるんだろ？」

廊下の照明を遮って私の前に立つ彼は、ペットボトルを私に差し出している。

愛想を尽かされたわけじゃなかった。

私はほっとして、そろりとペットボトルの水を受け取った。

「……ごめんなさい」

消え入る声でつぶやくと、ギシッとベッドが軋《きし》んだ。

ベッドの脇に腰を掛けた亮さんの横顔を怖々《こわごわ》見つめる。

「そういや初めて会ったときも『ごめんなさい』って何回も謝ってたな」

亮さんが正面を向いたまま言った。

オフィスのエレベーターで、初めて対面した日の話。衝撃的だったから、鮮明に覚えてる。

「小さくなってすごい怯えて。本当にこいつが代役立てたのかって信じられなかった。ギャップがありすぎて」

亮さんの笑顔は貴重だ。といっても、今笑った顔は、さわやかな笑みじゃなくてちょっと皮肉めいた笑いだったけれど。

「そのあともオフィスで亜理沙見てたらやっぱ演技でもなさそうだったし、本気で俺を避けたかったんだってわかった」

「あれは、その……」

「それ以来、今日まで楽しくて仕方がない」

私が反応したのと同時に、彼はこちらを振り向いた。

「自分で言うのもなんだが、金も地位もそれなりに持ってるから、女子から全力で嫌がられたことなんかなかったし。まあ、新鮮だった。しかも、ちょっと声掛けるだけでわかりやすく固まったりして。本当は小心者なのにって思うと、さらに面白くてな」

楽しげに笑いを零され、茫然とする。

やっぱり面白がっていたのね。こっちは必死なのに、って怒ってもいいところかもしれないけれど、私はすぐに許せた。彼があまりに柔和《にゅうわ》な表情で話すから……。

「多くの女性に慕われていても私をそばに置いてくれてる理由は……面白いからなんですね」

私は苦笑交じりに言った。

傷ついていないと言えば嘘になる。だけど、どこか納得できる自分もいる。

今はどんな理由だっていい。佐枝さんのような魅力で惹きつけられないのなら、努力するだけ。『好き』と言ってもらえないなら、言ってもらえるよう頑張るしかない。

悩みを吹っ切ったら、とても心が軽くなった。

「そう。一緒にいるだけで飽きないし。だから、別にそういうことをしたくて付き合えって言ったわけじゃない。変な心配するな」

頭にポンと手を置かれ、心がじわりと温かくなる。私は手の中のペットボトルを見つめ、ぽつりとつぶやいた。

「今日は随分饒舌《じょうぜつ》なんですね」

彼が自分の話をしてくれるのがめずらしくて、うれしかった。

亮さんは身体を捩《よ》じって、私のすぐ横に片手をついた。顔を寄せてきて、ニッと悪い笑顔を見せる。

「そうだな。今日は亜理沙が頑張ったご褒美《ほうび》ってことで」

「え、きゃあ！」

即座に押し倒され、景色が反転する。動転している隙に、彼は再び私を組み敷いていた。

私の手からスッとペットボトルを奪い、ごつごつとした手でキャップを捻る。

「至らないところ、だっけ？　俺はそのままのお前を気に入ってるから特にない。強《し》いて言えば……もう少し声を聞かせてもらえたらいいか」

私は亮さんをぽかんと眺めるだけで、動けもしなければ声も出せなかった。

亮さんがペットボトルを呷《あお》る。男らしいくっきり浮かぶ喉ぼとけを眺めていたら、顔がこちらに向き直った。

瞬間、影を落とされ、咄嗟に目を瞑る。

「……っ！」

いきなり口内に冷たい水が流れ込んできた。口を塞がれ仰向《あおむ》けになっているのもあり、私は彼から注がれた水を喉に流し込むしかなかった。ゴクッと飲んで口が自由になるも、予想だにしない行動を取られて声を失う。

亮さんは無造作に親指で自分の口元を拭い、ニヤリと口角を上げた。

「喉は潤ったな？　だったら、もう少し素直になって啼け」

「えっ。あっ」

「ひとつ言っとくが、〝それ〟目的でそばに置いてるわけじゃないとはいえ、したくないわけじゃないからな。覚えておけよ？」

睫毛を伏せて私の指先にちゅっと口づける。次に彼の黒い瞳が露わになったとき、指を甘嚙《あまが》みされた。

「ンッ」

そのまま腕を捕われ、はだけていた胸元にキスされた。ちゅうっと吸われ、ピリッとした感覚に思わず身を捩る。

「ん、あっ……ああっ」

口元を覆っていた手を外され、拘束される。途端に私の口から容易く声が漏れていく。それは自分でも知らない、秘《ひ》めていた衝動。

自身の吐息交じりの甘い音に驚く暇もないほど、身体中に彼の柔らかな唇が落ちてきた。

祝日を含む三連休が過ぎ、今日はもう木曜日。

休みのうち、二日は亮さんと過ごした。

特に進展はなく、彼は九時ぴったりに家まで送り届けてくれた。

今日も淡々と決められた業務をこなしていたところに、澁谷さんに声を掛けられた。

「大迫さん。聞いた？」

彼女は仕事の資料を私に渡しながら、さも業務連絡のように振る舞い小声で続ける。

「この間、大迫さんを訪ねてきたイケメン。彼、久織建設のご子息でしょ？　大迫さん、知り合いだったの？」

「あ……以前、父の付き合いで同行した先で……」

急に答えを迫られると、『恋人です』とすんなり言えない。

この間、佐枝さんにはプライベートで、ふたりでいるところを目撃されたのもあって正直に伝えられたけど……。自社の人に知られたら父にまで話がいってしまいかねない。だから、嘘ではない程度に説明をしてごまかしてしまった。

「そうだったんだ。さっき噂聞いたんだけど」

「噂？」

「うん。最近うちで見掛けるＳＩＴＳの佐枝さんが、久織建設の次期社長と婚約するかもって。あれ、本当なのかなー？　って思って。大迫さん、知り合いなら知ってたのかなって」

「婚、約……？」

彼女の言葉に、雷が落ちたような衝撃を受ける。

「あ、知らないならいいんだ。あれだけ目立つ容姿のふたりだとミーハー心がね。ま、私はもちろん、うちの会社もまったく関係ない話だから。じゃ、ごめんね」

彼女は軽く笑って、そそくさと自席へ戻っていった。

私は仕事を再開するも、すぐに手が止まる。

先週末、男性社員もふたりの話をしていた。あれは旧友ってニュアンスだけだったはずなのに……。噂話に尾ひれがついていったのかな。

それにしても、ふたりともうちの社員じゃないのに噂になるって……。目立つふたりは注目のされ方が違うのね。

驚きはしたものの、噂が事実ではないと私が一番よく知っている。

私はすぐに平常心を取り戻し、その日の仕事を滞りなく済ませた。

自宅に帰り、食事をしてからお風呂を済ませる。リビングに戻ると父がソファに座ってニュースを眺めていた。

「あれ？　ママは？」

「上でゆっくりドラマ観《み》るって」

「ああ、木曜日だもんね」

冷蔵庫からお茶を取ってグラスに注ぐ。ダイニングテーブルについてから、お茶をひと口飲んだ。

思えば、なんだかんだ忙しい父だから、こうしてゆっくりふたりになるのは久しぶりかもしれない。そう思ったあと、ふと頭を過《よぎ》る。

亮さんと結局お付き合いしてるって話は、できれば早めに伝えたほうがいい……よね。ずっと引っ掛かりつつ、機会がないからって言い訳してあと回しにしてた。

やっぱり、こっそり代役を立ててまでお見合いを避けたのに、当初の相手と恋人になりました、だなんて言いづらくて……。父はもちろん、母にさえ報告できずじまい。

とはいえ、このままではいられない。今、私と亮さんは恋人同士なんだもの。

私は意を決して父に話し掛ける。

「あ、あのね……。久織亮さんの話……なんだけど」

たどたどしく切り出すなり、父がピクッと反応を示す。驚いた表情でこちらを見てすぐ、父が口を開いた。

「ああ。亜理沙の耳にも入ったのか」

途端に父までも、なにか気まずそうにするものだから、きょとんとした。

私の耳にも、っていったいなんのこと？

父はまるでひとりごとのごとく、ぶつぶつとつぶやきだす。

「最近、どちらもうちのオフィスに出入りする機会が多かったしな。直接の関係はないとはいえ、人目を引くふたりだから一部の社員が噂してるようだし」

「ふたり……噂って」

「久織亮くんとSITSのご息女の話だろ？　まあ、つい三か月ほど前に見合いの話になっていた相手のことともなれば、多少気にはなるだろう。でももうお前には関係ないのだから気にしなくてもいい」

佐枝さん？　噂って、もしかすると今日私が聞いた、あれ？　なぜ父がそんな噂話を深刻な面持ちで話すの？

「久織亮さんと佐枝さんの話って、単なる噂でしょう？」

「昨日、たまたまわたしが佐枝社長と会ったときに、『娘が亮くんを気に入っていて、久織社長にも話をしている最中』と言っていたから時間の問題なんじゃないか？」

父の話に頭が真っ白になる。

結局、亮さんとの関係を言える雰囲気でもなくて、そのまますごすごと部屋に戻った。ドアを後ろ手に閉め、ベッドに腰を下ろす。

佐枝さんが亮さんを気に入って……？　いえ、そう言われると……確かに彼女は亮さんに好意は持っていたかもしれない。でもそれ以前に、佐枝さんには私たちが付き合っていることは話したはずなのに。

胸がざわつき、焦慮《しょうりょ》に駆られる。

たぶん、亮さんも私のことをお父様に話はしていないと思う。

そうだとしたら、もしもまた、次の縁談話が舞い込んでくれば……亮さんには恋人がいないと思っているお父様は、断る理由もなくて前向きに受けてしまわない……？

私の父と違って、亮さんのお父様は彼に早く結婚してほしそうだもの。

いてもたってもいられず、スマートフォンを手に取った。

夢中で文字を入力したものの、最後の送信ボタンがなかなか押せない。

《最近、噂を聞いたのですが……。佐枝さんと縁談のお話があるんでしょうか？》

これを送ったあとの返信が怖い。

大体、亮さんはこれまで一度もメッセージをくれたことがない。送信してからずっと返信がないっていうのも気になっちゃうし……。

私はしばらく悩み、結局メッセージを送らなかった。

翌日。私は一日中悶々とした気持ちで仕事をしていた。

定時を過ぎてロッカールームへ向かうとき、亮さんからメッセージが来ているのに気づいた。電話じゃなくメッセージだなんてめずらしい。

なんだか嫌な予感を抱きつつ、私は急いで内容を確認する。

《今日そっちに行くつもりだったのに、親父に捕まって行けそうにない。もし今日時間あるなら、悪いけどホテルリリシアのロビーまで来て》

最低限の内容だけ送って来たメッセージは、なんだか彼らしい。

そもそも、今日も『会おう』という約束は交わしていない。

私はまだ自分から誘ったことがないし、彼はいつも突然だ。私も亮さんも、水曜と休日はなんとなく会うんだろうなって思っているのだと思う。

それと、これは私の勝手な憶測だけれど、亮さんは約束で縛られたくないのかなとも感じていた。

ロッカールームに着いて、改めてスマートフォンと向き合った。

急遽お父様と予定が入ってしまったのなら、無理をしなくてもいいのに……。

そう思う傍ら、多忙な中でも私と会おうとしてくれているのがうれしくなった。

ホテルリリシアがある東京駅へ向かった。

オフィスから約十五分で到着し、さらに五分ほど歩いて目的地に着いた。エントランスを通って、ロビーの隅に立つ。

もうすぐ六時になるところ。亮さんからのメッセージには、肝心な時間が記載《きさい》されていなかった。

お父様と大事なお話の最中と考えれば電話も鳴らせない。

私は為《な》す術なく、窓際にあったひとり掛けソファに座った。

亮さんがいつ、どのあたりからやってくるかわからない。ロビーを行き交う人を眺めて待ち続け、二十分ほど経った。

いつも父に同行する際、父の挨拶が終わるのを待っているおかげか、彼を待ち続けるのは苦《く》じゃなかった。

大きな窓の外をぼんやり眺める。そのとき、スマートフォンが震えた。急いでバッグからスマートフォンを取り出す。

「もしもし、亮さん？」

『今どこ？』

私の言葉に重ねる勢いで聞かれ、咄嗟にソファから立ち上がって辺りを見回す。

「あ。ええと、ホテルにいます。エントランスのすぐそばの……」

『亮、待って』

突然、スピーカーの奥で女性の声がした。びっくりしたけれど、ちょうどそのとき視界に入った亮さんと、その後ろを歩く佐枝さんの姿で理解した。

なぜ彼女がここに……？

父の言葉が脳裏に蘇る。

もしや、今日は佐枝さんと亮さんを改めて引き合わせるための――。

「亜理沙！」

亮さんは広いロビーでも、すぐに私を見つけてくれた。

長い足で闊歩する亮さんを必死に追いかける佐枝さんが、私を発見するなり一瞬表情を曇らせる。

「こ、こんばんは」

あたふたと挨拶をすると、彼女は艶やかな唇に上品な笑みをたたえ、彼の隣に立つ。

「あら。最近本当によくお会いしますね」

佐枝さんは落ち着いたネイビー色のタイトなワンピースを纏っている。スタイルがいいからとてもよく似合っている。スーツをカッコよく着こなす亮さんの隣にいるのが、本当にお似合いの女性だった。

内心、ものすごいショックを受けたものの、見苦しい感情を顔に出さずに口角を上げて答えた。

「あ……そうですね。今日、おふたりは……」

「今日はこれから双方の親を交えて会食する予定なんです」

さらりと答えられた内容に衝撃を受ける。それでも、どうにか平静を装ってにこやかに話を続けた。

「ご両親も……ですか？」

「ええ。親同士も気が合うみたいで」

親同士〝も〟という言い方に引っ掛かってしまった。

彼女は深い意味などなく口にしただけかもしれないのに、私が噂の件もあって敏感になりすぎてるみたい。

すると、そのタイミングで彼女のほうから噂について触れてきた。

「そういえば、そちらの社内を騒がせているらしくてすみません。ちょうど亮も私と同時期に御社へ伺っているせいかしら」

「俺？」

亮さんが怪訝な顔でつぶやく。彼女は余裕に満ちた声色で答える。

「私と亮がお似合いだって、こちらの社内で盛り上がってしまっているみたいなのよ。大迫さん、ごめんなさいね」

彼女は私に対するよそよそしい口調とは違い、親しげに亮さんへ説明していた。

さっきから、佐枝さんは『すみません』とか『ごめんなさい』って謝ってくれるけど……彼女の顔つきは、なんだか謝られているとは感じられない。

どう対応すべきか戸惑っていると、佐枝さんは前に出てきて私にささやく。

「ですけど、大迫さん。今はプライベートなので、ひとりの女性として言わせていただくわ。あなたは彼と〝付き合っている〟のではなくて〝付き合ってもらってる〟のではないのかしら？　大迫社長の娘に頼まれれば、きっと亮も無下にできないもの」

「佐枝、ちょっと黙れ」

亮さんが制止するも、佐枝さんは笑顔のまま口を止めない。

「久織家が魅力的なのはわかるけれど、親の力だけで彼を縛るのはどうなのかしら？」

『冷静に、なにがあっても、人前では動揺を見せないように』

いつからかそれが当たり前になっていたのに、今ばかりは佐枝さんの言葉に翻弄される。

私は瞳を大きく揺らし、唇を噛んだ。

『付き合ってもらってる』のひとことは、かなり効いた。自分でも思うところがあったから、胸に深く突き刺さる。私は態勢を崩し、押し黙るほかなかった。

「黙って聞いてれば好き勝手言いやがって。俺は食事する気もないし、お前に口出しされる覚えも一切ない」

苦しい気持ちに耐え忍んでいる私を守ってくれたのは亮さんだった。

彼は私のもとへ歩み寄り、佐枝さんと対峙《たいじ》する。

「随分都合のいい解釈ばかりだな。周りにちやほやされすぎて客観的に物事が見られなくなったんじゃないか？　学生時代はもうちょっと冷静だったのに残念だ」

亮さんの挑発的な言葉に、佐枝さんは鋭い視線を返す。

「なんでも都合のいいほうを選択するのは亮も一緒でしょ。正直、大迫不動産よりもうちとの繋がりを強固すべきなんじゃないの？　うぶそうな彼女じゃ、ビジネスで結婚したあとも割り切れなくてお互い大変になるだけ。いろいろ我慢させるだけよ」

私は亮さんがそばに来てくれたおかげで心を持ち直せた。感情的になっている佐枝さんとまっすぐ向き合う。

「申し訳ありません。お言葉ですが、私は我慢していません。……男性とのお付き合いに不慣れなのは事実です。だけど、そのせいで振り回されているのはむしろ亮さんのほうで」

口に出すと、いっそう彼への気持ちがくっきりと浮き上がる。

お見合いが我慢できなくて、ズルをして。その直後、彼と再会したときは逃げたかったけど逃げられなくて。そのうち、急速に惹かれていって……。

最初は流された部分もあるけれど、今ではちゃんと私は私の意思で動いてる。

彼の本質を垣間見るたび、今でも心を惹かれていってるの。

「どんな噂が流れようと、どなたになにを思われようと、気持ちは変わりません。たとえ彼が〝久織〟でなかったとしても、私は亮さんのことが好きですから」

迷わずはっきりと宣言をし、亮さんにそっと微笑みかけた。

佐枝さんはもちろん、亮さんもかなり驚いた顔をしている。

「あっ……。でもその、こと恋愛に関しましては、一方的な想いでは成立しませんので、今のはあくまで私の気持ちなわけであって……。ですから、亮さんのお気持ちを尊重いたします」

亮さんに慌てて伝えるも、急に彼のリアクションが怖くなって俯いた。

……沈黙が一秒、また一秒と続くにつれ、心細くなる。

瞬間、亮さんは私の肩を抱き寄せた。そろりと見上げたら、彼は満足げに口元を緩ませている。

「……だそうだ」

亮さんがひとこと勝気《かちき》に放ち、佐枝さんを置いて歩き出す。すれ違いざまに見た彼女は、悔しそうに下唇を噛んでいた。

「彼女は好きでも、亮はそういう子、タイプじゃないでしょ！　面倒事を嫌ってたの知ってるわ。こういう典型的な箱入りのお嬢様は、仕事も知らなくて足を引っ張りかねない。私なら久織建設のフォローだってできるし！」

振り向きざまに佐枝さんに捲《まく》し立《た》てられた亮さんは、ぴたっと足を止めた。

「佐枝って、それで本当に仕事デキるの？」

「は……っ？」

「彼女はきちんと責任感を持って仕事をしているし、俺に依存するような弱い人間じゃない。なんていっても彼女のよさは俺の機嫌を取らないところだからな」

亮さんは最後、堪えきれなくなったといった感じで笑いを噛み殺して言っていた。

そういえば、前に亮さんに言われた。女の人に嫌がられたことがないから、私の反応が新鮮だったって。

佐枝さんは鼻で笑って亮さんを一瞥《いちべつ》する。

「まったく意味がわからないわ」

しかし、亮さんはまったく動じず悠々《ゆうゆう》と答える。

「お前もそっち側だから理解できないんだろ。俺が持ってるものにしか興味がなくてメリット重視。自分が満たされるために俺の顔色窺うタイプってことだ」

「わ、私は別に顔色を窺ってなんか……」

「特に世間で結婚を意識し始める年齢になってからは、損得勘定《そんとくかんじょう》を持ち出してくるやつが多くてもううんざり。俺の感情まで計算されるのはごめんだね」

初めて聞いた亮さんの本音に胸が締めつけられる。

亮さんの女性に対する態度って……自分を守る手段だったのかも。もしそうなら、私も似ているから少し気持ちはわかる。

私も、男性が嫌いなわけじゃなくて苦手だったから避けてきた。だからこそ、女性である私をそばに置いてくれた亮さんを、私は絶対に失望させたり傷つけたりしない。

凛々しい横顔を見つめ、亮さんの手をきゅっと握る。

「あの大きな企業を継ぐなら仕方ない話じゃない。将来が決まっている私たちのような立場なら、結婚だってビジネスライクが一番でしょ？」

佐枝さんが懸命に食《く》らいつく中、彼は深く濃い色の瞳を輝かせ、迷いのない声で言い放った。

「〝一番〟は好きなやつと一緒になれること。それ以外の選択肢はない。政略結婚で得る利益なんて初めからくそくらえだ」

「ちょっ……正気なの？」

「ああ、正気だ。……いや、本気か」

嘲笑《あざわら》うように答えるや否や、亮さんは私の腰を引き寄せ、軽く触れるだけのキスをした。私は驚くあまり目を大きく見開く。

「俺、初めて恋愛が楽しいと思ってるから。これ以上邪魔するなよ」

公衆の面前で……！　と私が恥じらっていると、佐枝さんは私よりも赤い顔をして、ヒールの音を派手《はで》に鳴らしながら去っていった。

遠ざかる彼女の後ろ姿で憤怒《ふんぬ》しているのがわかる。

意図したわけじゃない。でも、佐枝さんのプライドを傷つけてしまった。

申し訳ない気持ちで立ち尽くしていたら、急に亮さんに手を掴まれる。彼を見上げた直後、度肝を抜かれる発言を聞く。

「このまま親父に言いに行く」

「えっ……」

「二度と見合いはごめんだ、って。亜理沙の存在を知れば解決する」

「ま、待ってください。今すぐというのは……心の準備が」

「亜理沙なら、たとえ時間を与えたって、なかなか準備できないだろ」

否定できない。とはいえ、いくらなんでもこの流れで挨拶するのは、やっぱり私には無理。

「あのっ。亮さんがお見合いに誠也さんを代役にした、と私の父が知っているように、亮さんのお父様も私が同じことをしたとご存知でしょう？　今さらどんな顔してご挨拶すればいいのかも悩んでいたのに、急すぎます」

「じゃあ、どのくらい時間がいるんだよ」

やや苛立った声で問い質《ただ》され、私は少し考える。

「……ちょうど、誠也さんと私の友人が結婚に向けて準備を進めていると聞いています。今、私たちの件でお父様と亮さんの雰囲気が悪くなってしまったら……ご家族も気まずくなって祝福ムードを台無しにしてしまう可能性もありますし」

「それまで待てって？　悪いが俺はそこまでお人好《ひとよ》しじゃ……」

じれったそうに前髪を掻き上げる彼に、勢いのまま抱きついた。人目も憚《はばか》らず、彼のウエストに腕を回したままつぶやく。

「わがままを言ってるのは承知しています。でも……史奈ちゃんの晴れの門出《かどで》に水を差すのも嫌なんです」

咄嗟に浮かんで史奈ちゃんと誠也さんを引き合いに出しちゃったけれど、自分のための時間稼ぎじゃなく、心からそう思ってる。

「それで俺が簡単に納得すると思ってる？」

亮さんは、幾分か気持ちが落ち着いたのか、さっきよりもずっと柔らかな声色で尋ねてきた。

私はゆっくり腕を解いて、まっすぐ彼を見据える。

「提案します。私たちには大きな問題がふたつありますよね。いっぺんに解決するのは困難だと思いませんか？」

「……まずは亜理沙の親から説得しようってことか」

彼の返答に無言で頷く。

私たちのお見合いは、拗《こじ》れに拗れ、意外な結果になった。

元々私と亮さんが婚約する前提だったのだから、経過はどうあれ付き合うのは問題なさそうに思えるが、そうでもない。

私たちが原因でたくさんの人に迷惑を掛けたし、双方の親への印象はお世辞にもいいとは言えない。

私が切々と訴えたら、ついに亮さんが折れた。

「わかった。でも、披露宴《ひろうえん》が済むまでって言ってもそれは聞けないからな。顔合わせが済んで日取りが正式に決まれば、こっちも好きに動く」

「はい」

私はほっと胸を撫で下ろすも、自分の父をどう攻略するか……と新たな難問にぶつかり、悩みは尽きないと実感する。

真剣に考えを巡らせていたら、ふっと薄暗さを感じた。至近距離に亮さんの顔があって、思わず後ずさる。

「亜理沙の言うこと聞いてやったんだから、俺の言うこともひとつ聞けよ」

「な、なんでしょうか……？」

「部屋《うえ》に行くぞ。貴重な時間がなくなった。移動せずここにいれば、俺の家まで向かうぶんの時間を有効に使える」

彼はさらりと言うと、また私の手を取ってフロントへ歩き始めた。


上階の一室に入るなり、亮さんは気だるげに上着を脱ぎ捨てた。

「あー、マジで疲れた。生産性のない無駄な話ばっかで」

彼がお洒落なデザインのひとり掛けソファに腰を下ろし、長い足を組む。私は雑誌の一ページみたいな画《え》にうっかり見惚れた。

ソファだけでなく、テーブルやベッド、壁紙から照明まですごく凝ったコーディネート。窓から覗く夜景もまるでインテリアの一部。キラキラ輝いていて、カーテンを閉めるのが勿体《もったい》ないと思うほど。

その中にモデル顔負けの彼はすんなり溶け込んでいて、別世界にも感じちゃう。

「スイートルームってこんな感じなんですね……素敵」

私はスイートルームに宿泊したことはなかった。厳密に言えば、記憶のないくらい小さい頃には家族で利用したらしいけど、覚えていない。

「お前、やっぱり令嬢っぽくないな」

亮さんは眉を下げて苦笑し、肘《ひじ》をついた手の甲に軽く頬を乗せ、柔らかい眼差しで私を見る。

「華美に着飾らないし、家庭料理得意だし、結婚相手の条件にスペックは関係ないようだし」

次々と語られる内容に目を瞬かせる。

「自己中なわがままでもないし、そうかといって、ずっと黙って従う感じってわけでもない」

「す……すみません。普通で」

『ない、ない』言われ、なんとなく申し訳なくなって肩を窄めた。

亮さんに手招きされ、おずおずと彼に近寄る。ぬっと腕が伸びてきた直後、デコピンをされた。

「痛っ……」

ふいうちを食らった私は眉を寄せ、額を押さえる。

「いいんだよ、亜理沙はそのままで。余計なこと考えるな」

満足そうに口元を緩める亮さんに、私もなんだか目尻が下がった。

ふと、亮さんが私をじっと見る。

「お前、本当に俺が久織じゃなかったとしても、一生ついてこれる?」

突然投げかけられた質問に、初めはきょとんとしていた。が、徐々に顔が熱くなり、身体まで火照ってくる。頬を両手で覆い、信じられない思いで亮さんに視線を向けた。

「いや、それどういう反応なんだよ」

亮さんが軽く眉を寄せ、不満げにぼやく。私は鼓動が高鳴る中、声を震わせた。

「い……一生なんて軽々しく言わないでください。……期待しちゃう」

亮さんはわかってないのかな。普段クールな人が、そういう言葉を口にしたときの威力はすごいってこと。単なる仮定の話だって、こんなにドキドキさせられる。

そこで亮さんは私の手首を掴んで引き寄せた。前傾姿勢になった直後、ちゅっと軽くキスをされる。

どぎまぎする私に、亮さんは言った。

「俺、ずっと結婚なんかしないと決めてたけど、やめた」

「え……」

「亜理沙の期待を裏切りたくないからな」

亮さんのふわっと微笑む表情もまたふいうちで、私はしばらく放心した。

彼は明らかに女性を嫌っているふうだったし、一緒にいられるようになっても結婚は期待していなかった。

もう……。ずるい。亮さん、だんだん、やさしさがわかりやすくなってきてる。

「もう七時か。ルームサービスでも取るか？」

「え？　あっ、いえ……。なんだかまだ胸がいっぱいで」

亮さんから極上のセリフと笑顔までもらったから、今は食欲どころじゃない。

「じゃ、あとでだな。……ちっ。親父からだ」

途中、亮さんのスマートフォンにお父様から着信がきたらしい。

彼はそれを無視して電源を切り、サイドテーブルに放った。

「えっ。い、いいんですか？」

「今日はもういいだろ。それに、さっき日を改めるって決めたし」

まだ若干不服そうな雰囲気は残るものの、亮さんはそう言ってくれた。改めて感謝の念に堪えず、私は深く頭を下げる。

「ありがとうございます。私、頑張って父を説得しますから」

自分たちの始まりが始まりなだけに、自分の父にとって亮さんの印象は良くないはず。それは、逆も然《しか》り。だから私は、父に亮さんを認めてもらうだけでなく、自分自身も彼のお父様に認めていただくためにこれから頑張らなきゃ。

大切なのは本人たちの気持ちかもしれないけれど、やっぱり周りの人たちには祝福されたい。

この間まで、不安で自信もなかったのに前向きに考えられるようになったのは、亮さんが佐枝さんに向かって『本気』と宣言してくれたから。

彼の気持ちを知った今、雲さえ掴めそうな気がする。

「誠也さんたちのお式楽しみですね。そういえば、私たちきっと会場でも会えますね」

亮さんは新郎の親族席で、私は新婦の来賓《らいひん》席で。

史奈ちゃんと誠也さんが恋人同士になった直後は、想像もしなかったことだ。

もし亮さんとこうなっていなければ、逆に式で亮さんと顔を合わせるのが気まずくて悩んでいただろうな。

亮さんは、興味なさげにぽつりと零す。

「俺には他人の結婚にそこまで肩入れするのが理解できないけど」

「他人じゃないです。私の大切な親友と、大切な人の弟さんの結婚ですよ」

私が即答した瞬間、身体に両手を添えられ、亮さんの膝の上に座らされていた。

「えっ……ちょっ……亮さん、重っ……ん」

しどろもどろになる私に構わず、彼は私の口を甘やかなキスで塞ぐ。

唇を離した彼は眉間に軽く皺を寄せ、ぶつぶつとつぶやいた。

「……くそ。本当は今日のうちに、無理やりにでもお前を連れて報告したかったのに。まあでも、元はと言えば俺が誠也に代役を押しつけたせいもあるから」

亮さんが、子どもがいたずらをして注意されたあとみたいに、ばつが悪い顔をしているものだから、思わず目尻が下がってしまった。

「亮さんって……本当はすごくやさしい人ですよね」

くすくすと笑って見せると、彼はきょとんとする。どうやら、あまり言われ慣れない言葉だったらしい。

「元々私とのお見合いのときも、断るのに自分じゃ棘《とげ》があるから物腰の柔らかい誠也さんを代わりにしたって聞きました。お付き合いを始めてからも、私のペースに合わせてくれてますし」

初め聞いたときは、亮さんに対して先入観を持っていたのもあって、にわかに信じられなかった。けれども、今日だって結局は私の意見を尊重してくれた。

亮さんはクールに見えて、人情味がある。そういう部分を垣間見てはきゅんとして、ドキドキする。

私、この人がとても好き。

「さあ。自分のことなんてよくわからないからな」

彼はそう答えてすぐ、私の頬や耳朶《みみたぶ》に軽いキスを落とす。

話をうやむやにするためだったのかもしれないが、次第にそうではなく単純に愛情表現なのだと感覚でわかってきた。

「こういうの……してくれるの、いつもうれしい……って思ってます」

胸から溢れ出た想いが、自然と口から零れ落ちる。

前まで、触れてもらえていても自信を持てなかった。今は違う。

亮さんの気持ちを感じて、素直に受け入れられる。

気恥ずかしくて目を伏せたら膝の裏に手が添えられ、抱き上げられた。

彼らしいスパイシーな香水のにおいがふわりと動き、鼻孔を擽《くすぐ》る。キングサイズのベッドにそっと下ろされ、額にキスが落ちてきた。

それから瞼にも口づけられ、ゆっくり距離が離れていって、どちらからともなく視線を絡《から》ませる。

冷ややかだと思っていた彼の双眸には静かな熱が灯されていて、私だけを映し出す。

彼は眼差しひとつで、内気な私を大胆に変えていく。

「あの……大人のキスして……くれませんか？」

今日は、いつもみたいに終わらされたくない。

私の願い出に、亮さんは目を剥いて固まった。

沈黙が続くにつれ、心臓が口から飛び出そうなほどバクバクいって、羞恥心も大きくなっていく。

はしたなくて嫌われたかも、と不安になった矢先、うれしそうに口角を上げる唇が見えた。

「お前……変わりすぎだろ」

亮さんは低い声で言って、私の髪に長い指を挿《さ》し込む。耳の上からスーッと襟足《えりあし》に掛けて撫でられ、心地よくなっていたとき。

「ベッドでねだって俺を従わせるのは、亜理沙だけだな」

瞬く間に彼の甘美な唇が重ねられた。もうどちらのものかわからなくなるほどキスを繰り返しながら、なお私は求めていた。

亮さんは貪《むさぼ》りつくようなキスをしていても、ずっと私の頭を撫でてくれていた。

私が唇にさえ力が入らなくなっても何度も絡め取り、深く口づける。ぞくぞくっと背中が粟立ち、身体の奥からほとばしるものを感じる。

私は大きな背中に両手を伸ばして回し、きゅっとワイシャツを掴んだ。

キスの合間、吐息交じりにささやく。

「好き……です」

私の告白を受けた彼は、突然項垂れて、「ふー」と長い息を吐いた。そして、おもむろに顔を上げ、低い声で言う。

「煽るのはそれくらいにしてくれないか」

煽情《せんじょう》的な双眼に、このうえなくときめく。

常にクールな彼がなにか堪えている姿は、胸に迫るものがある。

私は彼の汗ばんだ頬にそっと手を添えて、不器用ながらも形のいい唇に触れた。

「これがお前の答えってことで、いいんだな……？」

刹那、鋭い眼光に当てられ、心臓が大きく跳ねた。甘い高揚が堰を切って溢れ出す。

「――亜理沙。今日はお前を抱く」

精悍な顔つきで宣言され、緊張が最高潮に高まる。

私がコクッと小さく頷くや否や、彼は獣《けもの》のように牙を剥き、あっという間に私を羞恥と快楽の渦へと引き込んでいく。

なにがなんだかわからなくて口元に両手を添えていたら、乱暴に引《ひ》き剥《は》がされた。

「口を押さえるな。こっちはお前のイイ声が聞きたいんだ」

「――ん、あぁっ……」

隅々まで蹂躙する亮さんの指先に陶酔《とうすい》する。

合間、「亜理沙」と頻《しき》りに名前を呼ばれ、感極まって涙が浮かんだ。目尻から零れ落ちないように我慢して、薄っすら瞼を押し上げる。

彼は妖艶に微笑み、私の耳へ口を寄せた。

「ああ。めちゃくちゃそそる顔してる……もっとだ」

色っぽいバリトンボイスに触発され、また胸がきゅうっと締めつけられる。

幸せすぎて、とうとう下睫毛の上にあった涙が零れ落ちた。

亮さんは、涙の跡にそっと口づける。

「好きだ」

ずるい。余裕のないこんなときに、普段はなかなか聞けないセリフを言うんだもの。

私はその夜、熱い腕に抱かれ、初めて知る痛みよりも充足感でいっぱいだった。

6. 一生手離さない

あれから一週間が経ち、今日は土曜日。

うだるような暑さの昼下がり。私は亮さんのマンションで快適に過ごしていた。

先ほど亮さんは急な電話で席を外し、リビングにひとりきり。

無造作にローテーブルに置いてあった本のタイトルに目を落とす。

『ファシリティマネジメント』――うちの会社はビルの管理をしていたりするから、『施設管理』といった意味合いでときどき耳にする言葉だ。久織建設も大手ゼネコンだし、こういった本を読んでいてもなんら不思議ではない。

この本は……随分読み込んでる感じがする。

パラパラとページを捲《めく》るも、私には到底難しい内容で半分も理解できない。その中でも読みやすい部分を抜き出して文面を追った。

アメリカやヨーロッパでは、仕事のうえではみんな平等……。私は競争は苦手だけど、向こうではリーダーはひとりひとりフォローしてくれて、意見を尊重してくれるのね。逆に個々の責任は大きいみたい。でもやりがいのある環境に感じる。

機会があったら……私でも挑戦できるかな？　自己主張や瞬発力、行動力が必須となれば、私に足りないものばかり。だからこそ、私にないものを得られるかも……？

ぼんやりと海外について思考を巡らせていた流れで、ふと思い出す。

この間、史奈ちゃんと会った。お互いに積もる話があって、仕事後の時間なんてあっという間に過ぎた。

史奈ちゃんの話題は誠也さんとの披露宴《ひろうえん》について。

現段階の計画によれば、日本では披露宴パーティーを催し、その後ふたりで新婚旅行を兼ねてヨーロッパで挙式をあげるらしい。元々史奈ちゃんはインテリアだけでなく、海外の建築物にも興味を持っているから本人も楽しみにしていた。

そして、肝心なのが披露宴の日取りや顔合わせの件。

先週、亮さんのお父様にご挨拶する件で私は彼に猶予《ゆうよ》をもらってる。

それが、史奈ちゃんの披露宴の日取りが決まり、両家の挨拶も済んで落ち着いたら……という話になっていた。

そんな私の事情も彼女には説明して、今後の予定を聞いて驚いた。

ふたりの披露宴は十一月下旬。今からたった三か月後の話だ。

なにやら、彼女が和装に憧れている旨を誠也さんに話したら、和装に合う季節を考えて日取りの候補を挙げてくれたらしい。

きっと、紅葉をバックにした着物姿の史奈ちゃんは、とても綺麗だろう。

「おい。こら」

頭に軽くコン、と手の甲を置かれ、はっとする。

慌てて仰ぎ見ると、いつから立っていたのか亮さんが戻ってきていた。

「さっきから呼んでるだろ。なに考えてたんだよ？」

「ご、ごめんなさい。気づかなくて」

おろおろしていたら、彼は隣に座り、肩を寄せて私の手元を覗き込む。

「あっ。これは、その……たまたま目に入って」

私は言い訳がましく言葉を並べ、そっとテーブルに本を戻した。

「別に隠す必要ないだろ。たまたまでも、本当に興味を引かれなければ開いたりしない。ひとつのきっかけになる可能性もあるわけだし」

今度は亮さんが本を手に取り、視線を落としてそう言った。

「もし海外に行ったら……もっと新しい自分になれるでしょうか」

「さあ。どうかな。海外に行ったところで、向上心がなければただの観光で終わるさ」

辛辣《しんらつ》な回答が返ってきて、胸に刺さる。亮さんの意見はもっともだ。

「そう……ですよね」

世の中そんなに甘くはないもの。男性がダメだった私が亮さんと一緒にいるようになれたからって、なんでもできるなんて都合よく考えちゃいけないわよね。

私には分不相応《ぶんふそうおう》な話だったと気持ちに折り合いをつけていると、亮さんは力強い眼差しで言った。

「だが、ちゃんと目的を持てば大きなものを得られると思う。自分次第だ」

亮さんは人を触発するのがとてもうまい。厳しい現実を忌憚《きたん》なく告げて終わりではなくて、ちゃんと希望も提示してくれる。

「それより、親友からもう聞いてるんだろ？」

「え？」

「日取りだよ。思ったより猶予がなくて焦ってるんじゃないのか？」

亮さんは本を閉じて、にんまりと口の端を上げる。

「う……。まさかここまで早く話が進むとは……想像してませんでした」

ぽつりと返すと、彼は得意げな表情を浮かべる。

「俺は予想通り。なにせ誠也がベタ惚れだからな。三か月後でさえ待ち遠しいはず」

「じゃあ、亮さんは私がお願いした時点でそう予測して……？」

「当然。じゃなきゃ、俺が易々《やすやす》と首を縦に振るわけないだろ」

したり顔で言われ、唖然とする。

「ああ。顔合わせは来月一週目の日曜だって。さっきの電話はその用件だった」

「来月？　すぐじゃないですか」

そうなると、私が亮さんのお父様に会いに行く日までの猶予期間はすぐ終わる。それまでに私の両親にも承諾してもらうとなれば、史奈ちゃんに負けず劣らずこちらも慌ただしくなりそう。

茫然としていたら、亮さんが私の顎をクイッと上向きにさせた。

「亜理沙の時間稼ぎもあと半月くらいか。残念だったな」

本当、意地悪。私が困るのを見て、楽しそうにしてるんだから。

私は小さく頬を膨らませた。が、一拍置いて笑顔を見せた。

「……いえ。やっぱり私は友人の幸せがうれしいです」

瞬間、唇が落ちてきて、ソファに押し倒された。びっくりするも、口が繋がったままでまともに声が出せない。

数秒後、少し離れた彼がささやく。

「無邪気な笑顔もいいが……別の顔が見たくなった」

「え……っ、んっ……あ」

そうして艶っぽい眼差しを向けられるが最後。私は容易く理性を奪われていった。


数時間後。私は広いベッドの上で、亮さんに背を向けて横たわっていた。

タオルケットを身体に巻きつけ、膝を抱えるようにして縮こまる。すると、背中側がギシッと軽く沈んだ。

「亜理沙。なに怒ってんの?」

亮さんは私の顔に影を落とし、尋ねてくる。私は彼の視線を感じては頑《かたく》なに目を向けず、壁だけを見ていた。

「お……怒ってはいないです。ただ……まだ明るいうちから……あ、あんなこと」

冷静になった今、顔から火が出るほど恥ずかしい。思い返すだけで心臓がドキドキいって、ますます亮さんを見られない。

「恥ずかしいって?」

「そっ、そうです」

触れられて、脱がされて。もちろん、そのときも恥じらう気持ちは大いにある。

でもキスを繰り返されるうちに、だんだんわけがわからなくなっていって……一度上り詰めたあとのこの状態が、一番恥ずかしい。

きつく目を閉じ、ぎゅうっとタオルケットを握って羞恥心と戦っていると、亮さんはいつの間にか解けていた私の髪を撫でる。そして私の耳を露わにしては、ぽつりとささやいた。

「けど、嫌がってなかった」

瞬間、カアッと熱くなる。咄嗟に耳を押さえたら、彼と視線がぶつかった。

亮さんはニッと笑って、おもむろに毛先へキスをした。

髪なんて唇が触れても感触などないはずなのに、目視したせいか全身がこそばゆい。

思わず肩を竦め、またしても瞼を閉じてしまった。

「ホント、可愛いな。亜理沙なら、もしかしてずっとこんな調子かもな。俺も恥じらう亜理沙見たさに、ついクセになりそう」

「ひ、ひど……っん」

眉を寄せ、訴えかけて開いた口さえも易々と塞がれる。

私は意地悪な言葉とは裏腹に、気持ちの込められたキスに何度でも酔いしれる。

再び私の頬が上気し、胸の鼓動が早くなってきたときに彼は言った。

「大迫社長に話があるって、俺からアプローチ掛けていいか？」

真面目なトーンで聞かれて、ドキッとする。

亮さんといたら、いろいろと翻弄されて忘れがちになっちゃう。

私たちの交際の承諾をもらうために頑張らないといけないんだった。

「……できれば私から切り出したいと思います」

いきなり亮さんから連絡したら父も警戒するはずだし……。

「わかった。俺は予定を合わせるから、とりあえず都合いい日を教えて。なるべく早い日で」

改めて気合いを入れ、身体を起こす。

「んな強張った顔してないで、シャワーでも浴びてきたら。初めから難題だってわかってるわけだし、スムーズに事が運ぶと思ってない。ダメで元々だ」

亮さんはそう言って、私にメンズのガウンを放った。

「俺はいつでも準備はできてるから、ひとりで抱え込むなよ」

そのとき、オフィスでの彼の姿はこうなんだろうな、と感じた。

基本ぶっきらぼう。けれども部下の意思を尊重して挑戦させつつ、自分はいつでもフォローできるよ、ってスタンスでひそかに見守ってくれる上司。

「ふふ」

当初では考えられない感情を彼に対して抱く自分に、自然と笑いが零れた。

さすがの亮さんも、私が笑った理由はわからないみたいで、眉を顰《ひそ》めて首を傾げていた。


それから、瞬く間に時間は過ぎていき……九月に入った。

第一週目の日曜日――奇しくも、史奈ちゃんたちの顔合わせの日に、亮さんを私の家に招くことになった。

父の都合のせいでバッティングしたのだけれど、亮さんは『顔合わせには少し顔を出したあとに向かうから大丈夫』と快諾してくれた。

ちなみに父へは誰が訪問してくるかまでは話していない。ただ『会ってほしい人がいるの』と伝えてあるだけ。

午後一時五十分。約束の十分前になり、いっそうそわそわする。

父も母もいつも通り振る舞っているように見えて、どこか緊張感が漂っているのを感じていた。

時間ぴったりにインターホンが鳴った。私はすぐさまダイニングチェアから立って、パタパタと玄関へ急ぐ。ドアを開けると、きっちりスーツを着こなしている亮さんが立っていた。その姿は、凜としていて素敵だった。

スーツ姿を見るのは初めてではないのに、状況が違うだけでこうも違って見える。

「あっ……今日はわざわざ来ていただいてすみません」

「いや」

微かに笑って見せる亮さんに、少し緊張が解《ほぐ》れる。

早速「どうぞ」と家の中へ招き入れ、客間へ案内した。

「今、両親も来ると思いますので」

亮さんはスッと膝を折り、座布団の横に座る。黙って座っているだけなのに、姿勢が美しくてこんな状況なのに見惚れてしまった。

そのとき、父の声が聞こえてくる。

「きみは……！」

父は亮さんを見て驚倒《きょうとう》していた。

どこから説明すべきか、今日までずっと考えていた。なのに、いざとなったら用意していた言葉も飛んで、頭の中は真っ白。

目を剥く父に、亮さんは粛々と頭を下げた。

「久織亮と申します。本日はお時間をいただき、心より御礼《おんれい》申し上げます」

参拝の日を彷彿《ほうふつ》とさせる彼の非の打ちどころのない綺麗な所作に、意識を奪われる。

私同様、父も時間が止まったように動かずに固まっていたら、母がやってきて声を掛けた。

「お父さん。まず座りましょう。ね？　亮さんもどうぞそちらにお座りになって」

そこで、ようやく亮さんも初めて座布団に座る。私も静かに彼の隣に正座した。

母がお茶を用意している間も、父はずっとだんまり。ピリピリした空気に、私はやや俯きながら父の顔色を窺う。

そんな中、亮さんは特段《とくだん》緊張も見せず、柔らかな微笑を浮かべてお茶を出す母に会釈した。

「ありがとうございます。こちらはささやかではございますが」

亮さんはスマートに手土産を紙袋から出し、両親へ差し出した。直後、ついに父が口火を切る。

「君と亜理沙が揃ってわたしに話だって……？　いったいどうなってるんだ」

父は憤怒よりも、やや困惑のほうが勝っている様子に見受けられる。

亮さんは再び座布団から下り、脇に座り直して畳に両手をつく。躊躇いなくスッと頭を深く下げたものだから、私は肝《きも》をつぶした。

「お見合いの一件では非礼な振る舞いをしてしまい、慎んでお詫《わ》び申し上げます」

彼は平伏した状態で続ける。

「あのときのわたしは浅はかでした。亜理沙さんにも……本当に心から申し訳なく存じております」

急に私にも謝罪されて狼狽える。あたふたして彼に声を掛けようとしたとき、父が口を開いた。

「亮くん。以前、君がとった行動は許しがたいものだ。だが、あの件についてはうちの娘も同罪だった。だから双方お咎めなしとなり、話は終わったはず」

「はい」

「ではなぜ、君は今ここにいる？」

父は渋い顔で亮さんの旋毛《つむじ》を見続ける。

張り詰めた空気に息を呑む。相手は自分の父なのだから、私が亮さんの味方につかなきゃいけない。わかっているのに、手の震えを抑えるのがやっと。

長い沈黙の末、亮さんがゆっくり姿勢を戻す。彼は凛とした表情で父と向き合った。

「お嬢さんと……亜理沙さんとの交際を認めていただきたく参りました」

ピリついた雰囲気の中、彼はまったく臆《おく》せずにはっきりとそう口にした。

私は彼の横顔に目を奪われる。同時に、深刻な状況にもかかわらず、きゅうっと胸の奥が締めつけられた。

今の彼の真剣な眼差しは私と一緒にいるためだと思うだけで、信じられないほどうれしい。私の瞳には、もう亮さんしか映らない。

するると、突然すっくと父が立ち上がり、出口へ足を向ける。

「まっ、待って」

私は咄嗟に父を呼び止めた。

父は背を向けてぴたりと立ち止まり、背中越しに低い声で言い放つ。

「却下だ。お引き取り願おうか」

父がここまで激昂するのは初めてだ。全身から怒りのオーラが出ているのを感じ、なかなか言葉を掛けられない。

焦る気持ちが募るいっぽう、亮さんは私の後方で怯まずに食い下がる。

「軽率な行動だったと深く反省しております。彼女とは真剣に……」

「亮くん。君には最近、佐枝氏のご令嬢との縁談が上がっていると耳にしたが」

父が鋭い視線を向け、冷たく突き放す。

そうだった。ついこの間、亮さんと佐枝さんの噂話が話題に上ったばかり。私は事情を知っているから平気だけど、父は違う。おそらく、だらしがないとか信用できないとか、マイナスイメージに拍車が掛かったのだと思う。

「その件につきましては、早々に対処をしました。僭越《せんえつ》ながら……わたしの意思ではありませんでしたので」

亮さんが即答したあとの、父の反応を固唾《かたず》を呑んで見守る。父は微動だにせず、怒りと苛立ちを含んだ声色で返した。

「娘を選んでおきながら、そういった話が出ていたと聞けば正直ますます不愉快《ふゆかい》だ」

そして勢いよく襖《ふすま》を閉め、立ち去ってしまった。私は思わず首を竦め、目を瞑る。

父の厳しい一面に、動悸が激しくなった。胸に手を当ててどうにか落ち着こうとしていたとき、母が亮さんに話しかける。

「せっかく来てくださったのに、ごめんなさいね」

「いえ。すべて自分の責任ですので」

亮さんは控えめに答え、お辞儀をした。

「うちはひとり娘だから主人は過保護なくらい大切にしているんですよ。娘の幸せを第一に考えるあまり、こうしてときには憎まれ役になるほど」

父が私を溺愛《できあい》しているのは知っている。そういう気持ちが溢れるあまり、私の進む道を慎重に選んでくれていたことも。

ただお見合いの件は、つい会社の事情も考えて引き受けてしまったと前に話してくれた。それは間違いだったと謝ってくれた父だったけど、やっぱり根底は私の幸せがなにより大切だから、自分のお眼鏡にかなった相手でなければ納得しないのだろう。

わかってる……。とはいえ、こうも頑なに拒絶されたらいったいどうすればいいの。

膝の上で両手を握り締め、軽く下唇を噛んでいたら母が言った。

「主人の首を縦に振らせるのは相当大変かと思います。亜理沙も、わかるわよね？」

「えっ……」

「一度目の縁をふいにしたのはあなたたちなのだから、あきらめたほうがいいんじゃないかしら」

「そんな……っ、待ってよ！」

まさか母さえも否定的とは予想していなかった。

私は焦慮に駆られ、母に縋りつこうと膝を立てかけた。しかし、すぐ亮さんに制止され、踏みとどまる。

「貴重なお時間をいただきありがとうございました。また改めます。本日はこれで失礼させていただきます」

亮さんは落ち着いた様子で挨拶をし、玄関へ向かった。母だけが見送る中、私は亮さんのあとを追って家を出る。門を出たところで、ふと気づいた。

「亮さん、もしかして……車置いてきたんですか？」

てっきり車で来ていると思い込んでいた。会うたび毎回ここまで私を送ってくれていたし……。

亮さんは私を一瞥して言う。

「ただでさえ不利な状況で、図々しく車を止めさせてもらうわけにはいかないだろ」

「すみません……。そんなところまで考えが及ばず……。じゃあ、電車の乗り換えとか大変だったんじゃ」

「どうして亜理沙が謝るんだよ。両家顔合わせのホテルからタクシーで来たし、特に問題ない」

そうだった。今日は史奈ちゃんと誠也さんの披露宴に向けて、両家で顔合わせする日だ。父のことで頭がいっぱいになっちゃって……。

気持ちに余裕がないのをまざまざと思い知らされる。さらに、さっきの不穏な空気が蘇り、胸が苦しくなった。

私はゆっくり足を止め、俯いた。

「本当に……ごめんなさい」

あんなの一方的だし、亮さんが頭を下げたのに突っぱねるばかりでひどいわ。

そう思う反面、もっと私が父を説《と》き伏《ふ》せられていたら……。説き伏せるまでいかなくても、ほんの僅かでも耳を傾けてもらえるように、積極的に働きかけるべきだった、と反省する。

下を向いていた私の視界に、彼の革靴《かわぐつ》が映り込んできた。

「気にするな。仕事でもなんでも、手強い相手のほうが達成感があるってものだ」

穏やかな声音が落ちてくる。

彼の声が引き金となり、不甲斐《ふがい》なさと悔しさ……いろんな感情が溢れ出し、目に涙が浮かぶ。

刹那、片腕でグイッと引き寄せられ、鼻先が彼の胸に当たった。顔を埋《うず》めていると、彼はポツッとつぶやく。

「泣くな。まだ始まったばかりだろうが」

初めはものすごく怖くて、緊張して、近寄りがたかったのに。今では彼の少し強引な腕と、キリッとしつつほのかに上品な甘さのある香水のにおいに安心感を抱いてる。

私はグスッと鼻をすすり、泣くのを堪えた。

「……はい」

亮さんの胸から離れた直後、軽く頬をつねられる。

「亜理沙はそんな弱気なやつじゃないだろ。ありえない行動を取ってまで俺との見合いから必死で逃げたときの勇気はどこいったんだよ」

至近距離で彼を見上げる。片時も逸らさないまっすぐな双眸と向き合った。

私、この怜悧な目に怯えて、なりふり構わずお見合いを放棄したんだった。あのときの行動力は本当に自分でも驚いたし、今も驚く。

そして、同じくらい……ううん。それ以上に、こうして亮さんと一緒にいる自分にびっくりする。

「この俺に一杯食わせたんだ。だったら、また俺を驚かせるくらいのことしてくれるんだろう？」

彼の隣にいたい、と不器用ながらに手を伸ばしたのは私自身。

できないって思い込んでただけで、実際はそうじゃない。私にも未来を変えられるくらいの行動力があったのだから、絶望するのはまだ早い。

混乱していた胸の内が、やっと落ち着きを取り戻す。

亮さんは、ポンと私の頭に手を置いた。

「お前は自分で思ってるより強い人間だよ」

大きくて厚い手の重みと温もりから、さらに力が流れ込んでくる感覚がする。

私はこの人の自信に満ちた瞳に、すっかり虜《とりこ》になってしまった。


あのあとすぐに、亮さんに『もう戻れ』と言われて帰宅した。

リビングを覗くと母しかいない。私はきゅっと口を引き結び、二階の書斎《しょさい》へ向かう。

書斎のドアの前に立つと、一度深呼吸をしてからノックした。

「入るね？」

父の返答を待ちきれず、そっとドアを開けると同時に声を掛けて足を踏み入れる。

四畳ほどの父の書斎。本棚には仕事関連の本から趣味のゴルフや将棋《しょうぎ》などの雑誌まで、所狭《ところせま》しと並んでいる。

父は窓際に置かれたパソコンデスクに向かっているものの、パソコンを起動させていない。

父が座るハイバックチェアにゆっくり歩み寄り、足を止めた。本を開いて眺める父に、深々と頭を下げる。

「お願いします。少しでいいから、話を聞いてほしいの」

大丈夫。もう手も声も震えていない。

父の横顔を見つめていたら、父は、パン！　と本を閉じて私を見上げた。

「必要ない。彼については、わたしも仕事上かかわっているし、周りからの情報も入っている」

「それは仕事のときの印象でしょう？　本当の彼は」

「いくら気が向かなかったとはいえ、あの男は一度我々を欺《あざむ》いた。仕事はともかく、今回の件に関しては信用できない」

ぴしゃりと言い切られ、しどろもどろになる。

「だけど、それは私も……」

「わかっている。しかし、失った信用はそう簡単に取り戻せない。彼に大事な娘を預けることはできない」

頑として譲らない父の雰囲気に圧倒され、今日のところは引き下がるしかなかった。

すごすごと自室に戻り、力なくベッドに横たわって一時間が経っていた。その間、ずっと同じ考えが頭の中を巡る。

父の主張も理解できる。現段階で彼が父に求めているのは交際の許可だけとはいえ、延長線上には結婚というワードが浮かぶのは自然な話。

結婚ともなれば基本的には一生続くものであって、人生でも一、二を争うくらい大きな決断力を要する。

親心については想像しかできないけれど、やっぱり我が子の幸せを願うものよね。ちょっとでも心配な部分がちらつけば、慎重になって踏みとどまるよう言ってしまうのかもしれない。

「はあ……」

双方の立場を考え、大きなため息をついた。そのタイミングでスマートフォンが鳴った。私はパッと身体を起こし、スマートフォンを手に取る。

《無事に両家挨拶終わったよ～。緊張したあ。亜理沙のほうはどうだった？》

史奈ちゃんの報告を受け、自分のことでもないのに、ほっとした。

《よかったね。これであとは披露宴に向けて準備するだけかな？》

そこまでの文章はすごくうれしい気持ちでいたものの、後半からは重い気分になり手が止まる。

《私は……かなり厳しい状況かも》

文面にするとますます落ち込む。でも、相談に乗ってほしいのもあって、意を決して送信した。数秒で史奈ちゃんから着信がくる。

『亜理沙？　もう気になりすぎて電話しちゃった！　今平気？』

「うん。平気」

史奈ちゃんの声には、いつも励《はげ》まされる。

私は事のあらましを説明した。

『あー……確かに、親御さんへの心証はよくないことが多かったかもね……』

「そうよね。かなり不利な状況で……」

彼女の反応は、私も心の隅で感じていたものと同じ。

第三者である史奈ちゃんもそう思うということは、きっと多くの人が同意見なんだろうな。マイナスイメージからプラスに逆転させるまでは難しくても、せめて誤解だけは解きたいところ。

それをどうしたらいいのか、結局また頭を悩ませる。史奈ちゃんも『うーん』と悩ましげな声を漏らしていた。

ふたりで数秒考え込んでいたら、彼女が先に口を開く。

『ホント、亮さんって損してると思わない？』

「損？」

『だって亜理沙も言ってたでしょ？　第一印象が悪かったじゃない。話すときもちょっと傲慢《ごうまん》な雰囲気に感じたりさ。そういうとこ不器用なんだよね、きっと』

まさに彼女の言う通り。

両親が亮さんを誤解している今、彼の本質に気づいてくれている発言はすごくうれしかった。

「うん……。言うことは意地悪だけど、本当はやさしい」

私はこれまでの亮さんを思い返し、自然と頬が緩んだ。

『今日だって、別に絶対私たちの顔合わせに来なくてもよかったんだ。わりと急だったから、誠也さんの弟さんも忙しくて来れなかったし。でもちゃんと来てくれた』

「そうだね」

『そういう彼のいいところ、亜理沙が頑張ってお父さんに伝えるしかないいんじゃないかな。最終的には、自分の娘を信じるしかできないだろうし』

史奈ちゃんにはっきり言われ、背筋が伸びる。

一度や二度、冷たくあしらわれたからって、いちいち傷ついて落ち込んでる暇なんかない。私がこの状況をなんとかしなくちゃ。

決意を新たにしていると、史奈ちゃんがやさしい声で続ける。

『それと、亜理沙はもっと自信持って、自分の気持ちを最優先にしていったらいいと思うよ。私はいつでも亜理沙を応援する』

じわりと胸が温かくなって、自然と口角が上がっていく。

「ありがとう。だいぶ気持ちが軽くなった気がするわ」

私はひとりじゃなにもできないかもしれないけれど、私の悩みを自分のことのように真剣に考えてくれる人がいる。

勇気をチャージして、スマートフォンをきゅっと握り、顔を上げる。ふいに、電話の向こうから、くすくすと笑い声が聞こえてきた。

「どうしたの？」

『うん。あのね。あ、この話、私が教えたことは本人には秘密だよ？　実はね……』

首を傾げつつ彼女から〝秘密話〟を聞く。

通話を終えた途端、私は部屋を飛び出した。

階下のリビングへ足を向け、ダイニングテーブルの上にある菓子折りに手を伸ばした。亮さんが持ってきてくれた手土産だ。

未開封の箱を両手に持って、軽く抱きしめる。

――『退席するときに手土産を忘れて戻ってきたの。顔に出てないだけで本当はすごく緊張しているんだよって誠也さんが言ってた』

史奈ちゃんの言葉が頭を巡り、無性《むしょう》に亮さんに会いたくなった。

翌日から、チャンスを窺っては父に話し合いの場をもらうために頑張った。しかし、父もわざと避けているのか顔を合わせる時間すらなかった。

亮さんとは、私からときどきメッセージを送って、彼のほうからも時間のあるときに電話をくれた。電話で『今日もダメでした』と落ち込んで報告するも、彼は毎回『そう』と言うだけで、あとはたわいのない話で終わっていた。

そうこうしているうちに丸二日が過ぎた。

用事があって海外事業部へ行った帰り、給湯室で数人の男性社員が休憩していたところに遭遇した。

「お疲れ様です」

ひと声掛けると、みんなこちらに返事をしてくれた。そのまま歩みを進めたときに、ちらっと会話が耳に届く。

「久織建設との事業、やっぱりまずはオーストラリアみたいだな」

「まあすでにお互い支社があるところだしね」

あ、久織建設との資本提携《ていけい》の件だ。確か、年度内には緑化事業部発足とかいう話も聞いてる。オーストラリアかあ。行ったことないな。どんなところなんだろう。

気になりつつも、総務部に戻れば仕事に集中する。

やがて終業時間を迎え、私は帰り支度を終えてオフィスを出た。

今日は水曜日。連絡がくるのを期待して、スマートフォンを握って数メートル歩く。

数分後、待ち望んでいた着信がきて、私は彼のもとへ急いだ。


合流するなり、亮さんは『家まで送る』とすぐに私の自宅方面へ向かってしまった。

ここからだと、車で約三十分もすれば到着してしまう。

亮さんと会うのは挨拶に来てくれた日曜以来だったから、本当はゆっくり会いたかった。けれども、困らせたらいけない。きっと忙しい中、少しでも……とこうして迎えに来てくれたのだろうから。

「お忙しいんですよね。それなのに、わざわざすみません」

「いや。少し前から水曜日は詰め込まないように管理してるから」

「えっ……」

私が本音を押し込めて口にした言葉に対し、彼の答えは思っていたものと違った。

今日は忙しくはないの？　だったら、どうしてどこへも行こうとせず、まっすぐ私の家へ……？　私は不安な時期だから亮さんといたいと思っていたけれど、亮さんはやっぱりいつも堂々としてるし、平気なのかな……。

「そうですか……。管理って、なにか水曜日にこだわりがあるんですか？」

傷ついた気持ちをごまかすために、当たり障りのない返しをする。

笑顔は作ったものの、ちょっとすぐには彼の顔を直視できない。

フロントガラス越しに信号が赤に変わったのをなにげなく目に映していた。当然、車は停まる。

まだ走行中のほうが気が紛れる。景色も彼の動きもすべて止まったら、目線のやり場に困っているのとか、手が汗ばむほど緊張して心臓がバクバク騒いでるのとかがバレてしまいそう。実際には数秒程度しか経過していないのに、やたらと時間が長く感じる。

自分がさっきなにを言ったかさえ思い出せなくなりそうになったとき、亮さんは私の頬に手を伸ばしてきた。びっくりして肩を上げ、彼を見る。

「こだわりっていうか。週末のあと、会いたいのを我慢するのは中日《なかび》までが限界」

僅かに目を細めて言われ、一瞬思考が停止する。

「えっ……我慢……してたんですか……？」

衝撃の事実を聞き、私は瞬きも忘れてそう言った。亮さんは飄々《ひょうひょう》として返す。

「俺が毎日亜理沙を独占《どくせん》したら、亜理沙の交友関係に影響するだろ」

「それでいつも……水曜日に……？　でも一度も約束はしなかったですよね……？」

それなのに、毎週スケジュールの管理をしてくれていた……？

彼の奥のウインドウ越しに、横断歩道の青信号が点滅しているのが見える。

まるで、私への警告かと錯覚させるかのよう。

だって、鼓動がすごく早くなってる。呼吸もうまくできてるかわからない。

それほどまでに、私の全部が亮さんに過剰な反応をしてる。

こんなに好きになったら、きっともう、ずっと想うのを止められない。

「あー……亜理沙なら、約束したら仕事を無理して終わらせようとする気がして。休日もほかの予定があったとき、俺に断るの悩みそうだし」

ずっと、亮さんが約束を煩わしく思っているのだと勘違いしていた。まさかそれも、私のことを考えてくれていた行動だったなんて――。

「じゃ、じゃあ、無理したりしないって誓ったら……今度はきちんと約束してくれますか……？」

亮さんに懇願すると彼は目を丸くした。それから、片側の口の端をゆっくり上げる。

それは、とても妖艶な笑み。

「なに。亜理沙もそんなに俺に会いたいの？」

ストレートに言われ、たちまち顔が熱くなる。恥ずかしいけど、私は僅かに首を縦に振った。

「また……お前は本当に——」

言葉の続きにドキドキして、瞬きもせず彼を見た。すると、亮さんはフロントガラスに視線を戻し、再び車を動かす。

「本当は今日も俺のマンションまで連れていって、思う存分亜理沙を堪能《たんのう》したいんだけど」

からかい半分で言われてるとわかっていても、甘い記憶がダイレクトに蘇ってつい真に受けちゃう。

私は必死に冷静になろうと試みた。しかし、亮さんがにやけ顔で言う。

「あ、なんか思い出しただろう」

「い、いえ！　なにも！」

亮さんは、いつも目敏く私の心の内を先読みする。いつも心を丸裸《まるはだか》にされている感じがして恥ずかしい。

「それ。そういう反応を楽しんでリフレッシュしたいが、しばらくお預けだな」

亮さんは楽しげに笑い声を漏らす。

小さく頬を膨らませていたら、ふと気づく。

「あ……もしかして父、ですか？」

ようやく察した。亮さんは、父に反対された状態だから会う時間を制限しようとしてるんだ。

彼が無言でいるのは肯定と捉えて間違いなさそう。

「まあさすがに、これ以上はネガティブな印象与えるのはまずいだろ」

亮さんの言うことはもっともだ。

頭では理解していても、心の不安は拭えない。

しばらく会話が途切れ、私は複雑な心境を抱えて流れる景色を眺めていた。

もうすぐ自宅周辺の住宅街に入るかというときに、亮さんが口を開く。

「再来週の四連休に、日本橋《にほんばし》東雲《しののめ》百貨店のグランドオープン前のパーティーが開催される。知ってるか？」

突然、脈絡《みゃくらく》のない話題を出され、きょとんとする。

「いえ……父とはあれ以来まともに会話してないので」

「そう。大迫社長は東雲代表と家族ぐるみで懇意《こんい》にしてるだろう？　だからきっと、家族で招待されてるはず」

東雲百貨店を経営する東雲代表取締役社長は、確かに父と親しい。

やっぱり彼の若さで大手ゼネコンの専務ともなれば、業務にかかわる事柄以外にも、そういった人間関係まで把握しているのね。いったいどれだけの情報と知識を持っているんだろう。いつもクールに振る舞っているけれど、相当努力しているはず。

私も与えられた環境に甘んじることなく努力しなきゃいけない、と決意を新たにしていたら、亮さんがちらっと私を見た。

「その日、亜理沙も必ず出席して」

「え？　なぜ……」

不思議に思ったのも束の間、彼が勝気な笑みを浮かべるのを見て、言うのを止めた。

私は彼のその自信に溢れた表情に初めは怯えたけれど、恐れつつも強烈に惹かれたのだと改めて実感する。

「はい。わかりました」

詳細を聞かずとも、〝亮さんなら〟――。

彼は不思議とそう思わせる。

自宅の十数メートル手前で車が停まった。

「こそこそするのは性に合わないけど、亜理沙が家に居づらくなるのは避けたい。悪いがここで」

亮さんはなんの気なしに理由を述べただけなんだろうけれど、ストレートにやさしさを表現してくれるのはうれしい。

まして、普段は感情表現が屈折しがちな人だけに。

「いいえ。ここまでで十分です。送っていただいてありがとうございます」

お辞儀をして姿勢を戻すなり、彼は窓の外に視線をやってぽつりと言った。

「その辺に大迫社長はいないか？」

「えっ」

私は反射でビクッとし、きょろきょろと見回した。

「辺りには誰もいな……」

答えながら、はたと気づく。

「あ。父も車通勤なので直接門の中へ入るから外には……んっ」

苦笑して亮さんに顔を戻すと同時に、口づけられた。ふいうちのキスに、心臓がドクン、と大きく脈打つ。

「あ……亮さ……」

「誰もいないなら、あともう一回だけ」

「え……んぅ」

キスの合間に彼の名を呼ぶも、顎を捕らわれてすぐ奪われる。

街並みに陽が落ち、薄暗くなった車内で交わすキスにどこか背徳感を抱く。だけど、恋を知った私は情欲に抗えない。

ふたりきりの空間に零れ落ちる、自分の吐息にドキドキする。

距離が開くのを感じ、ゆっくりと瞼を押し上げる。焦点を彼に合わせると、くしゃりと頭を撫でられた。

「またな」


母と夕飯を済ませ、私はキッチンで食器を洗っていた。

ダイニングテーブルを拭いていた母が、ぽつりとつぶやく。

「この間、亮さんからもらったお土産。今日美味しくいただいたわ。今度お礼伝えておいて」

まさか、母のほうから話題を振ってくるとは思っていなかった。

私は動かしていた手を止めて、目を丸くする。

「え……反対してるんじゃないの……？」

「それとこれとは別でしょう」

そのとき、リビングのドアが開く。

「あら、おかえりなさい。今日は遅いんじゃなかったかしら」

「急遽予定がなくなって」

父の帰宅にドキリとした。

今日は遅くなっても帰りを待って、五分でもいいから話を聞いてもらおうと意気込んではいた。でも、イレギュラーな早い時間の帰宅で心の準備ができていない。

動揺を落ち着けるために一度父から視線を外し、洗い物を続ける。すると、父が洗面所へ足を向けた。

洗面所へ行くには、今私がいるキッチンの横を通過する。私は父がキッチンの手前まで来たのを感じ、ちらっと目を向けて「おかえりなさい」と小さな声で言った。

父からは「ただいま」と、これまでと変わらない雰囲気で返された。

父が一度リビングからいなくなり、ひそかに「ふうっ」と息を吐く。気づけば隣に母がいた。

「本当、わかりやすいんだから。いつ切り出そうかってタイミング計ってるのね。バレバレよ」

母はぽつっと零して、ＩＨクッキングヒーターの前へ移動する。

私はすべて見透かされているのを知り、なんだかいたたまれなくなった。

シンク周りを綺麗に拭いてキッチンを出ようとした矢先、母に言われる。

「お父さんのご飯の用意、ゆっくりめにするから」

「え……」

「お父さんへは単刀直入に言うのがいいと思うわ」

母を凝視する。その間に父がリビングに戻ってきてしまい、私は勢いで口を開いた。

「あのっ。この前は時間をくれてありがとう。だけど私、納得できないの」

正面切って、目を逸らさずに抱えていた思いをさらに伝える。

「まともに話も聞かずに一方的に……って理不尽《りふじん》よ」

この二十四年間、両親に反抗らしい反抗はしなかったと思う。自分でも、まさかこんな日が来るなんて想像もできなかった。

私だって大好きな父と衝突したくはない。

でも、内気な自分から脱却《だっきゃく》しようって決めたから……。拙《つたな》くても自分の気持ちを伝える。何度でも。

初めは虚を突かれた様子だった父も、いつしか真剣な面持ちになっていた。

「亜理沙。わたしも理由なく拒否したわけじゃない。言っている意味はわかるだろう？　向こうもこの程度で引くなら、それこそ覚悟が足りてない証拠……」

「ううん。違う。亮さんはそういう人じゃないわ。それは、これからわかってもらうつもりだから」

私は怯まず、言下に否定してリビングをあとにした。

何回だって伝わるまでぶつかっていく。

亮さんが本当はどんな人か、きちんと知ってもらいたいから。

そして週末が過ぎ、月曜になった。

土日は亮さんから連絡はなかった。連絡先を交換して以降、彼からメッセージが送られてきたのは一度きり。日常的に業務以外ではメッセージを使用しない人なのだと思う。

メッセージや電話がなくても、不安や寂しさはなかった。

私は最後に会った日の亮さんの自信に満ちた表情を、ちゃんと覚えてる。

それに、彼は変わらぬ雰囲気で『またな』って言った。

亮さんはぶっきらぼうだけど、嘘をつかない。だから信じて待っていられる。

午前中は各種手続きやデータ入力に追われた。昼休憩を早めに切り上げ、午後の業務に取り掛かろうとしたときに、今日の電話番だった先輩に呼ばれる。

「大迫さん。申し訳ないんだけど、十八階の空調の調子が悪いみたいで……とりあえず見てきてもらってもいい？　私、電話取らなきゃだし、まだみんな戻ってきてなくて……」

「はい。いいですよ。早速行ってきますね」

私は今戻ったばかりの総務部を出て、エレベーターホール奥の階段を目指す。

十八階なら四階下ればいいし階段で、と思って向かった。

途中、廊下の合流地点で出会い頭《がしら》に誰かと肩がぶつかった。

「も、申し訳ありませ……ん」

一瞬固く瞑った目を開けると、そこにいたのは驚いた顔をしている亮さん。

まさか、またオフィス内で会えるとは思っていなかった。資本提携の件で直接来訪するのは、数か月前で大体終わったと思い込んでいたから。

私は彼を仰ぎ見るだけで、咄嗟に言葉が出てこない。

「どっか行くの？　総務部はあっちだろ」

「は、はい。十八階に用事が……そちらはお帰りですか？」

「ああ」

クールな表情で返され、彼がきちんと一線を引いているのを感じる。

私は顔も気持ちも引き締め直し、エレベーターホールへ歩き出す。

到着し、率先《そっせん》して下行きのボタンを押すも、あいにくエレベーターは行ってしまったばかり。

亮さんから一定の距離を空けて立っていた私は、周りに人がいないのを確認してからエレベーターの表示ランプを見上げて言った。

「先日父に『納得できない』と抗議しました。取りつく島もない雰囲気でしたが……あきらめません」

組んだ手をぎゅうっと握り、すうっと息を吸う。

「でも……もしも、このまま状況が変わらないのなら──私は家を出る覚悟もしています」

「は……？」

背中越しに、彼の驚いた声がぽつりと聞こえた。瞬間、私はくるりと振り返りざまに頭を下げて取り繕う。

「あっ、私は階段で下りますので、ここで失礼いたします」

そそくさと足早に奥の階段を目指す。

今……亮さんびっくりしてたよね……？

私が突然オフィスでそんな話をしたからかもしれない。でもそうではなくて、私の覚悟を聞いて重荷に感じたからって可能性もある。

私がひとりで突っ走った発言をしたから……。

途端に恥ずかしさと後悔に襲われる。つま先ばかり見て歩き、階段の手すりに手を伸ばした瞬間、亮さんに肩を掴まれた。

私は彼をまっすぐ見る勇気がなくて、瞳を揺らした。

もうすぐ休憩時間が終わる。そうしたら、ひとつ上の階のリフレッシュルームにいる社員の中には、この階段を利用する人もいるはず。

焦る私とは裏腹に、亮さんは死角になる壁に私を追い込み、閉じ込める。

「なあ。今の本気？『家を出る覚悟』って」

私は彼の至極真剣な瞳から視線を逸らせず、小さい声ながらもはっきり答えた。

「ええ。もちろん。本気です」

「……なら、どんな形になっても俺についてきてくれるか」

掴まれている箇所が熱い。それよりもっと、胸の奥にこれまで抱いたことのない熱を感じる。

思えばこれまでは、自分を突き動かす原動力はネガティブな理由だった。女子校を選んだときも、お見合いの話のときも。

けれど、今は未来に対して前向きな気持ちしかない。

「嫌って言われても、ついていきます。だってもう……私は亮さん以外に考えられません」

逃げじゃなく、なにかを得ようと一歩踏み出すって、こうも力が漲《みなぎ》ってくるものなのだと改めて知る。

心は凛と澄《す》み、顔が自然と上向きになる。

亮さんは肩を掴んでいた手を緩め、私の左頬に添えた。そっと親指で肌をなぞられ、ドキッとしていたら、彼の高い鼻梁が耳を掠めた。

「亜理沙。必ずお前を奪ってみせる。あまりひとりで不安になるな」

艶があって落ち着きのある声を直接吹き込まれ、瞬く間に心拍数が上がる。上目で彼を見つめると、強くやさしい微笑を浮かべていた。

亮さんの指先が完全に離れる直前に、私から彼の手を捕まえにいった。

咄嗟に離れがたくなって動いてしまったけれど、ここはオフィスで今は仕事中。瞬時に理性が働き、彼を解放した。

謝罪を口にしようとしたとき、ふいうちで触れるだけの短いキスが落ちてくる。

目を点にして数秒固まっている私の頭に、ポンと軽く手を置いて、亮さんはエレベーターホールへと戻っていってしまった。

私は両手で口に押さえ、茫然とする。

そのうち、上階から人の声が近くなるのを感じ、慌てて階段を駆け下りた。


そうして一週間が経った。

祝日の今日、亮さんから聞いていたパーティーが催される。

あのあと、彼の予想通り父から同行するように言いつけられ、約束通り私も会場へ行くことになった。

午後一時三十分からパーティーが始まった。

東雲代表取締役社長のスピーチが済み、両親とともにひと通り挨拶回りを終えたところで、私はいつもと同様ひとり会場の隅で休んでいた。

パーティー会場となっているのは、グランドオープン間近の日本橋東雲百貨店の屋上庭園。

五千平米はありそうな広さで、たくさんの花で彩られていてすごく素敵。遠目でフラワーアーチや池が見える。

シャンパングラスを手にして景色を堪能しつつ、亮さんの姿を探す。

挨拶回りする前に、それらしき人をちらっと見かけたものの、それ以降見つけられずにいた。

このまま見つけられないなら、会場を一度出て電話してみる方法もあるけれど、きっと亮さんも仕事で来ているのだろうから邪魔になりかねない。

困っていたら、ふと人影を感じ視線を上げた。

「あの、おひとりでしょうか？」

「はい？」

目の前に立っている男性は、知らない人。

てっきり亮さんかと思ったから、逃げずに顔を上げてしまった。

「わたしはメンズアパレルブランドを経営しております島原《しまばら》と申します。もしよければ、少しお話しませんか？」

「えっ……」

島原さんは終始《しゅうし》笑顔でいるものの、恐怖心が大きくなっていく。

『少しお話しませんか？』なんて、こういったパーティーでは一度も言われたこともないのに、どうして。

戸惑うばかりで、どう対処していいかわからない。

グラスを持つ指先が震えだした。

亮さんと一緒にいるようになって免疫がついたかと思ったら違うみたい。

「実は以前も別のパーティーであなたをお見掛けしたことがありまして。ずっと気になっていたんですよ。少し雰囲気変わられました？　以前にも増して素敵になっていますし、話し掛けやすくなっててうれしいというか……」

話しかけられても、なにを言われているかまったく頭に入らない。

後ろは行き止まりだし、この人が至近距離で前を塞いでいるから、会場の様子も探れない。

島原さんはにっこりと口角を上げ、さらにグイグイと押してくる。

「お父様は大迫社長でいらっしゃいますよね。あなたの下のお名前を伺っても？」

勇気を振り絞り、どうにか断ろうと息を吸った瞬間。

「ああ、ここにいたか。遮られてて見つけにくかった」

聞き慣れた低い声に涙が引っ込む。島原さんの後ろにいるのが亮さんだと確認し、心から安堵した。

「ちょっ……なんですかいきなり。わたしが先に彼女に声を」

「久織さん」

私は島原さんの抗議も関係なく、亮さんだけを見て名前を呼んだ。途端に島原さんは血相を変える。

「久織……？　あの久織建設の……？　もしかして噂に聞くご長男……あっ、用事を思い出したので、わたしはこれで」

そして、足早に私たちの前から立ち去っていった。

「噂ってなんでしょう？」

私がぽつりと疑問を口にする。

「俺は『機嫌の悪いときに目をつけられたらなにされるかわからない』んだって、誠也から聞いたことあるな」

彼が淡々と答えた内容に思わず納得した。

「亮さん、貫禄《かんろく》ありますもんね」

「そっちこそ余裕だな。さっきはわざと『久織』と呼んだんだろう。わざわざ説明せずとも、あの男に気づかせるために」

亮さんに指摘され、こくりと頷いた。

私自身、びっくりしてる。緊迫していたはずなのに、咄嗟にあんな意地悪を思いつくなんて。

「だけど、そんな噂があることまでは知りませんでした」

私はただ、久織建設のネームバリューで穏便に済むならそれがいいと思って……。

でもとにかく、ピンチから逃れられてよかった。

しかし、安心しても身体はまだすぐに切り替えられないようで、肩の力がなかなか抜けないし、手は小刻みに震えてる。

すると、私の指先が大きな片手できゅっと包み込まれた。

驚いて彼を見上げる。

「ごめん。今のは取り消す。亜理沙に余裕なんかないよな。すぐ駆けつけてやれなくて悪かった」

ぶっきらぼうに謝られたけれど、彼の手はやっぱり温かい。

肩の力も指先の震えも、容易く元通りにしてくれる彼は、やっぱり私の特別な人。

「今までずっと声を掛けられるなんてなかったのに……」

気持ちが落ち着いてきたところで、私はぼそっと零した。

「そりゃ、今まで俯いて全身で拒絶してたらな。ちゃんと顔上げるようになれば、多くの男の目に留まるのは当然だ」

「え？」

亮さんの言葉に首を傾げる。彼はすぐに深いため息をついた。

「自覚なしか。いい。わかった」

きょとんとしていると、亮さんは私の手をグイッと引っ張り、彼の腕に手を添えさせる。パートナーのような振る舞いにドキッとしていたら、彼が真面目な顔つきで言った。

「今後こういう場は俺が同伴する。それ以外は参加を許可しない」

私はぽかんとしてつぶやいた。

「亮さんはパーティーには滅多に出席しないって話を聞きましたが……」

「背に腹は代えられないだろ」

亮さんは照れ隠しなのか、少しきつめの口調で言ってそっぽを向いた。

私は彼の横顔を見て、面映《おもは》ゆい気持ちでいっぱいになる。

「そろそろ行くか」

「どちらへ？」

私の問いに、亮さんは小さく笑うだけ。

黙って彼についていくと、視線の先には私の両親がいて一瞬怯んだ。しかし、亮さんは構わず歩いていく。

距離が近づくにつれ、父が私たちに気がついた。

父はお辞儀をする亮さんを見据え、威厳《いげん》を持って言った。

「もうパーティーも終盤だ。挨拶を終えるといつの間にか姿を消すことの多い君がこの時間までいたのは、わたしと話すきっかけを窺うためかな」

「仰る通りです。少々強引とは思いましたが、どうしてももう一度、機会がほしかったんです」

亮さんは父へ弁解もせず素直に認めるや否や、公衆の面前にもかかわらず深く頭を下げる。

彼の行動に私はもちろん、父も周りの人たちも度肝《どぎも》を抜かれた。

周囲の人たちがざわつく中、亮さんだけは終始凛としている。

「このあと、お時間をいただけませんでしょうか。場所は近くに用意しております」

「わかった。だから早く頭を上げなさい。君が頭を下げたら目立つだろう」

旋毛を見せたまま懇願された父は、些か良心が痛んだのか彼の願いを聞き入れた。

なにが起こったのかと目を白黒させる私の隣で、亮さんは柔和に「ありがとうございます」と答えたのだった。


私は両親とともに亮さんの案内で迎えの車に乗り、車で五分ほどの距離にあるラグジュアリーホテルに到着した。

ホテル内のレストランの個室へ移動する。四角いテーブルに椅子が四つ。自然と私は亮さんの隣に掛け、両親と向き合う形となった。

オーダーした飲み物が運ばれてきて、父と母はコーヒーに口をつける。私はとてもじゃないけど、紅茶すら喉を通る気がしなかった。

父がカップを戻した直後、亮さんは切り出す。

「単刀直入に申し上げます。亜理沙さんとの結婚をお許しいただけませんか」

「くどい。それにこの間は交際と言っていたのに、今度は結婚だなんて」

「お嬢さんと交際して、ゆくゆくは結婚したい――それがわたしの気持ちです」

亮さんがはっきりと言い切ったからか、父は口を噤んだ。

するると、亮さんはさらに言葉を続ける。

「大迫社長。御社《おんしゃ》との共同事業につきまして、まだ決定していないオーストラリア支社、事業統括管理者にわたしが立候補させていただきます」

「なっ……」

「御社との初の共同事業……必ず成功させてみせます」

私は亮さんを凝視した。

オーストラリア支社の話は小耳には挟んでいた。でも、亮さんがそこへ赴任《ふにん》するっていうこと？　待って……。頭が追いつかない。

「亮くん、正気か？　君は黙っていても社長の席は確約されているだろう。なぜわざわざ海外現場へ……それも、一、二年で終わる話ではないというのに」

さすがに父も困惑している模様《もよう》だった。

しかし、亮さんは一貫して冷静な態度のまま。

「論より証拠……わたしの本気をご理解いただくためです」

私を含め、両親もみんな茫然とし、彼を穴が開くほど見つめていた。

「もちろん、我が社にも大きくかかわる事業ですから、真剣に仕事をするのは当然至極。ですが——その間、わたしは亜理沙さんとは会えなくなるでしょう。それでも、日本《ここ》へ戻ってくるまでずっと、彼女への気持ちは変わらないという決意表明です」

こんなに熱心になってくれている姿を目の当たりにして、心を揺さぶられないわけがない。

ただ、うれしい気持ちと同じくらい、焦りの感情が湧いて出る。

だって……簡単に『会えなくなる』って。それも何年掛かるかわからないって。

いくら亮さんの気持ちが変わらないと言われたって、『そうですか』と容易に受け入れられない。

彼の意志を疑っているわけじゃなく、これは私の気持ちの問題。

「ですから、戻ってきたらそのときは、わたしの亜理沙さんへの気持ちを認めていただきたい」

「待ってください……！」

私は堪らず話に割り込んで、両親の存在も忘れて彼を問い質す。

「亮さん……この前、『ついてきてくれるか』って言ってたのに……なぜですか？ 私を置いて海外へ行くなんて」

急展開すぎる。

私、亮さんとなら……って無意識に心強さを感じてた。試練があっても、そばにいられたら頑張れるって。

亮さんは一瞬目を丸くしたのち、真剣な眼差しを向けてきた。

「あれは物理的な話で言ったわけじゃない。〝俺の決めたことに〟って意味だ」

そんな……。だって、あのセリフを聞けばなにがあっても一緒にいられると思って。

私は複雑な感情に呑まれ、黙り込む。

亮さんは亮さんなりに考えて、その答えが〝一度離れること〟だって行きついたんだ。遠回りでも、それが確実だと……。だったら私は……？　私は彼についていくと決めたのだから、彼の意思に従うべき？

心が大きく揺れる。急に決断を迫られるような状況で、ふと脳裏に蘇る。

──『自分の気持ちを最優先にして』

史奈ちゃんに掛けられた言葉に背中を押される。

「亮さん、ごめんなさい」

私はぽつりとひとこと謝り、両親に向かってきっぱりと宣言する。

「私、亮さんと一緒に行きます」

これには、さすがに亮さんも目を大きく見開いて固まっている。

亮さんは距離を置くことで父に自分の本気を認めさせようと考えてくれたみたいだけど、やっぱり私は離れたくない。

「亜理沙！　そういうことは勢いだけで言うものじゃない」

「勢いだけじゃないわ。私、海外に興味がある。英語力はもちろん、国際経験や適応力……向上心を培いたい」

父は普段おとなしい私が、即座に反論したものだから驚いたらしい。

私はテーブルの上のコーヒーカップを目に映し、ぽつぽつと語る。

「私、友達に憧れて引っ込み思案な自分を変えたいって思って……。それで亮さんと一緒にいられるようになって……ちょっとずつ世界が広がったの」

親友の恋に興味を惹かれ、亮さんの人柄や考え方に感化された。

私は前までの自分よりも、今の自分が好き。

「誰かのフォローをする今の仕事もやりがいはあると思っているわ。でも、挑戦してみたい。亮さんに相談はするかもしれないけれど、甘えたりはしないから」

父をまっすぐ見据える。覚悟を決めた私は、もうなににも動じない。

たとえ、父にひどく咎められたとしても。

「亜理沙、なにを急に……。彼に唆《そそのか》されたんじゃ」

「いえ。今の話はわたしも初耳です。お言葉ですが、彼女は内気に見えても芯はしっかりしてます。誰かの意見に黙って従う女性じゃありません。きちんと自分を持っています」

亮さんは父の小言を遮って私を擁護してくれた。

彼と視線を合わせるだけで、大きな安心感に包まれる。

「人の容姿や肩書きには決して左右されたりしない。仕事もお見合いも今後についても、彼女は自ら選択できる女性です。わたしが好きになったのは、そういう彼女です」

亮さんの言葉を胸に、私は改めて両親に向き直った。

「仕事に関しての思いは嘘じゃない。でも、亮さんと離れたくないっていうのも私の素直な気持ちなの」

そう言って、もうひとたび亮さんを見る。すると、彼は僅かに目尻を下げた。

「亜理沙さんにはこれからも笑っていてほしい。そのためには、ご両親の祝福が必要不可欠……わたしの一番の理由はそれです。そのためなら地位や名誉など天秤《てんびん》に掛けるほどのものではありませんので」

私たちが改めて両親と向き合うと、母が父の腕に手を添えた。

「あなた」

父は「はあ」と脱力するようなため息をついた。

「驚いた。いや、まだいろいろと驚いている最中だが……ふたりが本気だとわかったよ。わたしの負けだ」

父は私に苦笑して言ったあと、亮さんを見た。

「亮くん。これからも娘を大事にすると約束してほしい」

「もちろん。お約束します。わたしのすべてを懸けて」

父が認めてくれたのと、亮さんが迷わず約束してくれたのが本当にうれしい。

感慨深く物思いに耽っていたら、父が残りのコーヒーを飲み干し、おもむろに席を立った。

「悪いがこのあと予定があるので失礼させていただくよ。また改めてゆっくり時間を取って今後の話をしよう」

父に続いて母も席を立ったものだから、私も慌てて立ち上がる。

気づけば私より先に亮さんは姿勢よく立っていて、父に向かって美しいお辞儀をした。

「はい。本日は、ありがとうございました」

亮さんとは一週間ぶりに顔を合わせたから別れ難かったけれど、ここはひとまず両親と行動をともにするべきよね。

私が母についていこうとしたとき。

「亜理沙。お前は残って出されたものをいただいてから帰りなさい。店の人にも悪いからな」

「えっ……」

狼狽える私に、母が振り向きざまにこっそりアイコンタクトをしてきた。

両親が退席していき、亮さんとふたりきりになる。

「あ……なんか……気を遣ってくれたのかも……？」

照れ笑いをして後ろを振り返ると、すぐそばまで亮さんがきていた。ドキッとするのも束の間、スッと頬に手を添えられる。

「また亜理沙には驚かされたな」

「……亮さんこそ。父を認めさせるためとはいえ、離れる選択なんて……驚かされるだけじゃなくて、悲しくなりました」

私は軽く睫毛を伏せ、頑張って本音を伝えた。

亮さんは意外だったのか、何度か目を瞬かせたのち、「ふ」と眉を寄せて苦笑する。

「そうだな……。俺もいざ日本を離れたあと、後悔してたかもな」

本当かな。彼は口ではそう言っても、きっと有言実行する人。ストイックになって約束を果たせたと思う。

すると、私の思考を見透かしたのか、亮さんは宥めるように頭を撫でる。そして、私の両眼を覗き込んで言った。

「お前が思うよりずっと、俺は亜理沙を必要としてるよ。俺自身、驚くくらいだ」

彼を初めて見た日、その双眸はひどく冷たくて背筋が凍った。けれど今、同一人物とは思えないほど熱のこもった瞳で告げられ、感極まる。

本当の亮さんは情熱的な人だと実感し、ようやく前に誠也さんが言っていた意味を理解する。

――『兄は淡白かもしれませんが、非情ではないんです。いつか、なにかに熱くなる兄を見ればわかると思います』

あれは、彼のこういう一面を教えてくれていたのね。

無関心な事柄に対してはクールだけれど、自分の目的を達成するためや大事なものを守るためなら、驚くほど熱くなる。

彼の大切な存在になれたことが自分にとってこれほど幸福なことに思えるなど、数か月前には想像もできなかった。

「うれしいです」

はにかむ私に、彼は唇を寄せてささやく。

「亜理沙を奪うって約束したけど、本当に奪ったのって案外亜理沙のほうかもな」

「えっ？」

「俺の全部、お前が持っていった」

「……ん」

言い終わるや否や、唇を塞がれる。

もう何度目か数えきれないほどキスをしたって、一瞬で思考を彼でいっぱいにさせられる。

こんなに愛しい想いが込み上げるのは、彼に触れられたときだけ。

私の唇を濡らした亮さんは、ゆっくり距離を空けていき艶やかな声を落とす。

「絶対離すなよ。……まあ俺が一生手離さないけど」

指先で顎を捕らえられたのを合図に、そっと瞼を閉じる。

私は再び重なる熱に、さらに胸を高鳴らせていった。

7. すごく愛しい

それから約二週間が過ぎ、十月の初め。ついに久織家へ挨拶に伺う運びとなった。威風堂々《いふうどうどう》とした邸宅を前に、いっそう緊張感が増す。

これまで父についていろんな方の豪邸へ訪問してきた経験はある。が、久織家は一、二を争うほどの広さと荘厳さだった。

まして今回は亮さんの婚約者として挨拶をしに来たのもあって、神経が張り詰める。

亮さんに案内され、敷地内へと足を踏み入れた。玄関に入ってすぐ、家政婦さんらしき女性が出迎えてくれた。

私は軽く会釈をして、亮さんについていく。彼がドアを開けた瞬間、驚いた。

まだ誰もいない空間は、二十畳近くありそうな大広間。渋い色合いのフローリングに、重厚感のあるソファやテーブル。大きな窓の向こう側は手入れの行き届いた庭園があり、最高の眺望だった。

圧倒されていると、後方に人の気配がして振り返る。

現れたのは、亮さんのご両親。思わず背筋が伸びた。

白髪交《しらが》じりのお父様は、亮さんに似て背が高く、精悍な顔つきの方。お母様《かあさま》も女性にしては長身で、身なりだけでなく彼女自身から上品な雰囲気が滲み出ている。

私ははっとして、慌てて頭を下げる。

「初めまして。大迫亜理沙と申します。本日はお会いできて光栄です」

何度も同じような挨拶を口にしてきた。でも、やっぱりこれまでとは気持ちが違う。心臓は信じられないくらい早鐘を打っているし、足も手も震えそうなのをずっと堪えてる。

懸命に平静を装い、お父様と目を合わせる。まるで評価をくだされているかのように見られ、不安が大きくなっていく。

「あまりジロジロと見るなよ。怖がってるだろ」

ガチガチに固まる私の肩に手を置き、亮さんが言った。私は彼に触れられるだけで、少し力が抜ける。

「いや、想像とは違って随分清廉なお嬢さんだったものだから。本当に〝あの〟騒動を起こした張本人なのか？」

お父様の発言にぎくりとする。

〝あの〟騒動……。お見合いにこっそり代役を立てた件よね。

いくら亮さんも同じ行動を取ったとはいえ、私が許されるわけではない。

覚悟はしていた。私はすぐさま誠心誠意《せいしんせいい》、謝罪する。

「その節は大変申し訳ございませんでした。深く反省しております」

当時、亮さんに面と向かって断るのは私には無理と決めつけて、卑怯な手段で逃げてしまった。

今思えば、どうしてあんなことを……と後悔しかない。

私がずっと頭を下げ続けていると、お母様の凛とした声が響く。

「顔をお上げになって」

私はごくりとつばを飲み、そろりと姿勢を戻してお母様と向き合った。次の瞬間。

「先日は、うちの息子が失礼極まりないことをしました。代わってお詫びいたします。どうか許していただけないかしら」

急にお母様が私に向かって深く頭を下げた。

予想外の展開に、私は狼狽えるばかり。

「えっ……！　あ、あの、私も同様の失礼をしてしまったので」

「いいえ。どんな事情があろうとも、男性が女性に恥をかかせるなどあってはいけません。以前、お父様の大迫社長へ謝罪に伺いましたら、『今回はお互い様なので』と慈悲深いお心で許していただけましたが……」

お母様は長い睫毛を伏せ、申し訳なさげに眉を寄せて話す。

父のところへ謝罪に出向いてくださっていたなんて初耳だった。

お母様は目線を亮さんに移し、厳しい顔つきで問い詰める。

「亮。あなた、今回こそは久織の名に恥じない責任を持った行動なんでしょうね。返答によっては……」

「久織云々《うんぬん》は知ったことじゃないが、俺は自分の意志で彼女を連れてきた」

亮さんは一点の曇りもない瞳で答えていた。

しっかりとぶれることなく立っている彼は、本当に頼もしい。

「そのようですね」

お母様は亮さんの言葉に納得した様子で一度頷いた。

そして、ソファへ促され、私は亮さんと並んでご両親と向かい合い、ソファへ腰を下ろす。

「親父、俺は将来彼女と一緒になる」

彼の宣言に胸が締めつけられる。

この間、私の父へ結婚の許しを願い出たときと同じ感覚。甘くて、くすぐったくて……心が満たされる感じ。

私はひとり照れくさくなって、視線をテーブルへ落とす。そこに、先ほどの家政婦さんが紅茶を運んできてくれた。私がお礼を伝え、女性が退室したあと、お父様が口を開く。

「それはすでに決定事項で間違いないんだな？」

「結婚もオーストラリア支社へ行くのも、俺の中ではとっくに決定事項だよ」

険しい顔つきのお父様と亮さんが、しばらく視線を交錯させている。

ハラハラしつつも、私には見守るくらいしかできない。

やっぱり、亮さんが本社からいなくなるのは大きな影響を及ぼすんじゃ……。だからお父様も渋い表情でいるのだと思うと肩身が狭い。

だって、彼が海外へ行くのを決めたきっかけは、少なからず私や私の父に関係しているはずだから。

きゅっと口を引き締め、反応を待つ。手に汗を握る中、ふっとお父様の表情が和らいだ。

「万事《ばんじ》問題なし。数年海外に出られるのは痛手《いたで》だが、そろそろ誠也にも本社の仕事をしてもらわないと。なにより、まったく結婚の兆しがなかったお前が結婚したいと願い出るなど、後にも先にももうないだろう。この機を逃せるわけがない」

明るく言い放つお父様を茫然と見つめる。

もしかして……私の心配って杞憂《きゆう》だった……？

「親父のために結婚するわけじゃない。俺がしたいと思っただけだ。今後も干渉しないでほしい。俺は変わらず好きなことを自由にやらせてもらう」

亮さんは辟易として淡々と返した。

ひとりでおろおろしていたら、ふいに視線を感じ、そちらへ顔を向けた。

亮さんがニッと笑って私を見て言う。

「ま、でも今後は彼女の同意が必要になるだろうな」

「えっ……」

彼の言動に戸惑っていたら、お父様が背もたれに寄り掛かって信じ難そうに漏らす。

「いや……本当に驚いた。ずっと縁談を断固拒否していたのはなんだったんだ」

「無粋《ぶすい》ね。今まで出会ってなかっただけでしょう。心を奪われる女性に」

お母様はすぐさま答え、私を見て柔らかく微笑んだ。

私は途端に頬を赤くし、俯いてしまった。

亮さんのご実家を出てすぐ、緊張の糸が切れたせいかへたり込んでしまった。

「おい、なんだ？　大丈夫かよ」

めずらしく亮さんは焦った様子で私を見下ろし、手を差し伸べる。

「き……緊張しすぎてて……一気に力が抜けてしまって……」

足に力が入らないことに、自分が一番驚いている。こうも極限まで神経を使っていたとは自分自身でも気づかなかった。

「ったく」

亮さんは呆れ顔で零すも、着ていたジャケットを脱いで私の腰に回し、スカートに配慮しつつ抱き上げてくれた。

車までほんの十数メートル。申し訳ない気持ちと恥ずかしい思いでいっぱい。

「こんなになるほど緊張してたのか」

一瞥して言われ、ぽつりとつぶやいた。

「だって……絶対に印象はよくないと思っていたので。てっきり針のむしろかと……」

「元の鞘《さや》に納まるだけの話だし、俺はまったく心配はしてなかった」

「えっ。初めからですか？」

ずっと私ひとりで不安になっていたってこと？

丸くした目を彼に向けると、可笑《おか》しそうに笑われる。彼の反応は肯定だと察し、私はさらに疑問をぶつける。

「じゃあホテルで今すぐ亮さんのお父様に会いに行くって言ったとき、なぜ私の意見に譲歩を……」

心配する必要がないって自信があったのなら、強引にでも私を連れていっても問題なかったかもしれないのに。

そこで車に到着し、ナビシート側にゆっくり降ろされた。亮さんはドアを開けてくれたのに、私は乗らずに彼の返答を待った。

「亜理沙の言ったことも一理あったから。先に難題を解決しておくほうが気が楽だったしな」

亮さんをじっと見つめ、きゅっと彼のシャツの袖口を掴む。

「……嘘。それだけじゃないですよね？　心の準備も余裕もないって訴えた私に合わせてくれた」

もしも本当に亮さんが自己中心的で横柄《おうへい》な性格であるのなら、あのとき迷わず私を引っ張ってお父様の前へ連れていったはず。

彼の言動ひとつひとつに、大切にされている実感を抱く。

私は無言で決まり悪そうな表情をしている亮さんに、笑顔で飛びついた。

「ありがとう」と言って。


あっという間に十二月になった。

史奈ちゃんと誠也さんの披露宴は、先週の土曜日に無事に終わった。

私は未だにふたりの披露宴を思い出しては、感嘆の息を漏らす日々を送っている。

休日の今日は、亮さんとデート。私の希望で大きな書店にやってきている。

すぐにでも日本を発《た》つ勢いだった亮さんに合わせ、私は仕事を辞めて留学するつもりでいた。まずは語学力を高めてから、向こうでなにかできる仕事はないか探していこうと思って。

しかし、亮さんのスケジュール自体が変更されて急がなくてもよくなった。

事の発端は私の父。

あまりに急な話で、たった一、二か月で私と離れる覚悟ができないから、と父が各方面に手回しをしていたらしい。

そういうわけで、私は来年の四月から出向《しゅっこう》という形で久織建設に従事。亮さんの部下としてオーストラリア支社へ向かう予定となった。

亮さんはそれまで、行ったり来たりするみたいで大変そうに思えたが、元々入社して数年はそういう生活を送っていたらしく、なんら問題ないみたい。

「亜理沙。俺ちょっと向こうの棚見てくる。この辺りにいて」

「はい」

亮さんを見送り、目の前の書棚と向き合う。上段の左上から順に目で追っていき、目的のワードを探した。

オーストラリア……ビクトリア州……。

久織建設のオーストラリア支社はメルボルン市というところにあると聞いた。

そこは『世界で最も住みやすい都市』として選出された街だと亮さんから教えてもらった。海外生活に興味は持ったものの、やっぱり治安などは気になっていたから少し安心した。

「あの、大迫さん……ですよね？」

本を抜き取ろうとおもむろに指を伸ばした瞬間、声を掛けられる。亮さんとは違う男の人の声に、私の身体は過剰に反応して固まった。

「僕、大迫不動産の営業二課の田口《たぐち》って言います」

見知らぬ人ではないとわかり、ほっとして顔を向ける。

「あ……。田口さん、お疲れ様です」

田口さんとはときどき経費の件などで内線で話すことがあった。面と向かって話すのは初めてだけど、田口さんは私を知ってるみたい。面識がないと思っていたのは、どうやら私だけだったらしい。

「よくここへ来られるんですか？」

「え？　いえ……よく、ってほどでは」

オフィス内で話しかけられるぶんには平気でも、外でとなるとやはり警戒心が強まってしまう。

さりげなく後ずさりをして距離を空けるや否や、トン、と誰かにぶつかった。焦って振り返ると同時に、両肩に手を乗せられる。

「亜理沙、知り合い？」

「亮さん！」

相手が亮さんで、私はわかりやすく安堵する。

「この方はうちの会社の……」

「あ、おひとりじゃなかったんですね。お邪魔してすみません。では僕は失礼します」

亮さんがやってきたからか田口さんは私の紹介も待たず、そそくさと去っていった。

ふと気づけば、亮さんがジトッとした視線を向けてくる。

「な、なんでしょうか……？」

「誰？」

「ええと、同じ会社の営業社員さんでした。面と向かって話をしたのは初めてですが……その、最近よくあるんですよね。違う部署の方にも声を掛けられたり」

実は最近オフィス内でも、以前に比べよくほかの社員に声を掛けられる。

「最近よくあるって？」

「は、はい。きっと亮さんの婚約者と知れ渡ったからかなあ？　と」

どこから広がったのか、私たちの関係はどうやら社内に知られているらしい。おそらく、父が発信源ではないかと踏んでいるのだけれど。

「それだけじゃないだろ。女性はともかく、男がそんな理由だけでわざわざ話し掛けたりしない。隙あらば仲良くなりたいって下心が見え見えだ」

亮さんの見解に、きょとんとする。

「え……？　だって亮さんがいるって知っているはずなのに？」

「それでも。いろんな男がいるんだから警戒して損はない。東雲のパーティーのときにも言っただろ。亜理沙は鈍感すぎる」

亮さんは頭に疑問符を浮かべる私にため息をつき、ぽつりと言った。

「ホント……一緒に向こうに連れていけてよかったよ。じゃなきゃ、心配すぎてどうにかなりそう」

亮さんって、こういう人だった……？　飄々として焦りもしない余裕のある男の人なイメージだったはず……。

唖然として亮さんを見つめていたら、視線の意味を悟ったのか彼は目を泳がせる。

「俺を過保護にしたのは亜理沙だからな。ていうか、亜理沙だけだな」

そう言って、そのあとは店内でずっと私の手を握っていた。

少し早めにディナーを済ませ、亮さんのマンションへ移動する。

双方の両親へ許可をもらってもなお、夜九時の帰宅は守られていた。

私の父に直接なにか言われたわけじゃないけれど、亮さんがそうしてくれている。

亮さんはコーヒー、私は紅茶を飲みながら、ゆったりとした時間を過ごしていた。

「亜理沙。あっちでは一緒に暮らさないか」

ソファでさっき買った本を眺めていたら、隣にいた亮さんに突然言われる。

『一緒に』と誘われ、うれしい気持ちが先に来て、海外生活への心細さも吹き飛んだ。

しかし、ふっと頭を過る。

「あの……。とてもうれしいのですが、まだ結婚してもいないのに一緒に暮らすというのも……。オーストラリアへ行くのは仕事上ですし、なにより嫁入り前に一緒に暮らすというのは」

「だったら今すぐ結婚しよう」

彼は言下に私の考えを退け、はっきりと口にした。私は驚きのあまり、目を見開く。

今すぐ……って。

私が戸惑っていると、亮さんはスッと立ち上がった。そして、リビングにあるシェルフの引き出しからなにかを手にして戻ってくる。

「亜理沙の気が変わったら困ると思って、すぐ出せるように準備してあった」

「え……」

見せられたのは、まだ未記入の婚姻届け。

私は瞬きもせず、婚姻届けから彼の顔へ視線を移す。

「なに？　なんか言いたげな顔して」

淡々としてるけど……これは本当に亮さんの意志なのかな……。

「えっ……と、こんなに簡単にいいのかな……と思いまして」

私はおずおずと彼の反応を窺う。

「あー、亜理沙の両親には念のため事前に知らせないとな」

「いえ。私の両親の話ではなくて、亮さんの話です」

「俺？」

「だって、ついこの間まで結婚願望はなかったって言ってましたよね……？」

亮さんは、いつもさりげなく私の考えに寄り添ってくれる。これまではそういうところにすぐ気づけなくて、あとからわかるばかりだった。

彼と過ごす時間を重ね、少しずつ気持ちに余裕が持てるようになってきたから引っ掛かる。

彼のプロポーズは、私の建前に合わせるためだけのものなんじゃないかって……。

私を優先するがために、亮さんの意に反することをさせるのは嫌。そんな求婚だとしたら、素直に喜べない。

私がじっと返答を待っていると、亮さんはさらりと返す。

「まあな。特段願望ってのは昔からない」

「だったら……私の意思に合わせただけのプロポーズなら、いりません」

わがままで贅沢を言ってるって思われても、私は亮さんの本音がほしい。

眉を寄せて訴える。彼は目を白黒させたあと、「くくっ」と堪えきれない様子で吹き出した。ぽかんとしていたら、彼はすとんと私の隣に座る。

「結婚は亜理沙を誰にも渡さない有効な手段だと判断したから。つまり、俺の意思」

亮さんは婚姻届けをパサッとテーブルの上に放って、ずいと顔を近づけてくる。

「んっ……」

強引なキスに思わず声が漏れ出る。私の後頭部を押さえる大きな手のひらの感触に、胸の奥が甘い音を立てる。

脱力する直前に、離れていった亮さんが私の目を覗き込んで言う。

「これまで一緒にいて、お前は恋愛に没頭するタイプじゃない気がしてる。今は不慣れで俺に振り回されているだけで、そのうち視野が広がってどっか行きそう」

「どっかって……」

しどろもどろになりながら、ふと自分の変化を思い出す。

恋愛に興味を抱き、仕事やこれからの未来への可能性に気づいた。

いろいろなものに目を向け、意識を変えればこんなに世界が広がっていくって。

ほんのちょっとずつでも、自信がついていく快感を覚えたからこそ、今の私がある。

この先も、貪欲に手を伸ばしていってみたい。

「ほら。心あたりがある顔してる」

亮さんの声で意識を引き戻され、肩を窄めた。

決して彼の存在を疎《おろそ》かにしているだとか、するかもしれないっていう話ではない。

だけど、視野が広まったのは事実かな……と心当たりがあっただけ。

「俺についてくれれば海外なら日本にいるよりいろんな刺激があって、より亜理沙の自己実現欲求も満たされるはずだ。仕事や趣味の興味を広げていくのは構わない。ただ、俺以外の男を見るのはダメだから」

亮さんの鋭い眼差しは、不思議となんの負担も感じない。

彼が私を捕まえてくれている安心感から、私はこれまでできなかった挑戦をしてみようって気になれてるのだと思う。

「――はい」

素直に聞き入れたにもかかわらず、彼はなんだかまだ不服そうな表情をしてる。

首を傾げるや否や、ソファに押し倒された。

私は自然と甘い展開を予期し、鼓動のテンポを上げていく。しかし、彼は項垂れて小さくつぶやいた。

「ああ、もう。なんだよこれ」

「え……？」

私は聞いたことのない彼の細い声に静止する。

「お前、物分かり良すぎてときどき不安になるよ。俺、連絡もマメにしないし、どうもきつい口調になりがちだし。今も俺以外は見るなって言ったりして」

「……亮さん？」

彼が今どんな顔をしているのか気になって、遠慮がちに彼の艶やかな黒髪へ手を伸ばす。触れる直前、ぱちっと目が合った。

「そういうの、全部我慢してるんじゃないかって怖くなる」

亮さんは薄っすら耳を赤く染め、ふいっと顔を背けた。

私が無理をして合わせていると思っていたの？　そんな心配はいらないのに。

……亮さんでも、こうして不安になったりするんだ。

歯がゆそうに軽く眉を寄せた彼を見て、新たな感情が芽生える。

そういうもどかしさを抱えてるって聞いて……すごく愛しい。

また新たな顔を見れた私は、幸せを噛みしめながら、そろりと彼の毛先に触れる。

ほんの少し指先を掠めただけ。けれども彼は、私が触れたことに気づいたようで、ピクッと反応し、やおら視線をこちらへ戻す。

私は目を逸らさず、小さくささやいた。

「が……我慢なら……してます。時折、無性に触れたくなるんです。……亮さんに」

口にし終えてから、思い切ったことを言ってしまったのでは……と顔を赤くする。

私は恥ずかしくてすぐさま彼の髪から手を離したものの、指先は熱を持って大きく脈打つ錯覚に陥った。

刹那、その手を握られる。

「亮さ……ひゃっ！」

驚くのも束の間、手のひらに口づけられて思わず声を漏らしてしまった。それから、その手を彼の頬に移動させられる。

ぴたりと添う肌の感触に、ドキリとする。さらに、彼がまっすぐ私を見つめてくるものだから、息すら忘れそうになった。

「いいよ。亜理沙なら。好きに触って」

一度伏せた瞼を押し上げていく様がとても妖艶で、彼の色香を目の当たりにした私はドキドキしすぎて指一本動かせない。

「きゃっ……」

ふいに亮さんが私の親指の先を軽く噛んだ。ピリッとした些細な刺激で、全身に電気が駆け巡った感覚がする。

「亜理沙」

重ねられている手の甲が熱い。彼の綺麗な濃褐色《のうかっしょく》の虹彩に見惚れ、私の名前を発音する心地よい低音に酔わされる。

ゆっくりと距離を詰められ、鼻先が触れる近さになり目を瞑った瞬間、彼がつぶやいた。

「亜理沙は聞き分けがよすぎるせいか、こっちが物足りない」

私は思わず閉じていた目を見開く。

亮さんは至極真剣な顔をして、私の髪を撫でた。

「もっと俺でいっぱいになればいい。俺がいなきゃダメになるくらい」

身体の奥からゾクゾクッと甘い痺れが広がる。

彼をどちらかに分類するなら、冷徹なほうだと思っていた。けれど、そうではなく、ちょっと不器用で本当はやさしい。そして、そのやさしさが普段わかりづらいのだと知ることができた。

私はそれで十分だった。自分がきちんと彼の本質さえ理解し、忘れなければなにも傷つくことはないから。

そう思っていたのに、こんなふうにストレートに愛情表現されたら……。

「どうしてここで顔を背けるんだよ」

私は堪らず横を向いていた。

「こ……怖くて」

「なにが」

「こんなふうに求めるのも、求めてもらえるのも初めてで……失ったときを想像したら……」

それも生まれて初めてできた恋人。

多くの人は出会いと別れを繰り返すものだと思う。だから、考えたくはないけれど、保証のないこの幸せに慣れてしまうのが怖い。

臆病な性格は昔から。最近は少しずつ前向きに変わっていたって、咄嗟のときにマイナス思考へ引っ張られる。

私が葛藤していたら、亮さんは「ふっ」と苦笑した。

「本当、なかなか素直に俺の手に落ちてきてくれないよな」

落ちてきてくれない……って、本気でそう思っているのかな？　私、とっくに亮さんに夢中だし、だからこそ今悩んでいて……。

返答に困っていると、亮さんはソファの背もたれに腕を置き、頬杖をついてニッと口角を吊り上げる。

「また怖がりの亜理沙に戻んの？　ダメになる未来なんか考えるより、もっと必要なことがあるだろ」

揶揄するように言われ、はっと我に返る。

保守的になるのがいけないというわけじゃない。ただ、私にとって必要なのは一歩ずつでも前に進むことだった。そう決断して行動したから、手を伸ばせば触れられる距離に彼がいる。

「ごめんなさい。私が間違っていました」

大切なのは、恐れずに挑戦し続けること。彼の手を離したくないなら、何度でも必死に掴みにいけばいい。

迷いを吹《ふ》っ切《き》った私を見た亮さんは、満足げに口元を緩める。

「亜理沙のおかげで、俺もひとつわかったよ」

「え？　なんですか？」

「俺、追いかけられるより追うタイプらしい。そうやって逃げられるほど燃える」

「えっ、あ……っ」

瞬間、両手を掴まれ、口を塞がれた。

私を拘束する彼の手は、痛みを感じさせない柔らかな鎖。

私は抵抗もせず、恍惚と彼の丁寧なキスを受け入れる。

手首を解放され、同時にキスが止《や》む。薄っすら視界を広げていくと、端正な目鼻立ちの彼が私をじっと見つめていた。

「俺の本性を暴いたのは亜理沙なんだから、責任取って一生そばにいろよ」

きっと彼なりの思いやり。

誰にもわからない将来に不安を抱いていた私に、〝一生そばにいる〟と宣言してくれたのだと思う。

先ほどの不安が嘘みたいに消えてる。

私は満面の笑みを浮かべ、ひとこと答えた。

「承りました」

言い終えたあと、再び彼に触れたくなって頬へ手を伸ばす。

指先が彼に触れる直前、腕を掴まれて力強く引っ張られた。上半身を起こされたかと思えば、すぐに抱き上げられる。

「きゃあ！　あ、亮さん……！　どこへ……」

急に視点が高くなって、思わずしがみつく。

亮さんはリビングの出口へ足を向けながら言った。

「キスじゃ足りなくなった。それも責任取ってもらう」

「足りなく……って」

言葉の意図を察し、身体中が熱を持つ。

彼の腕の中で動揺していたら、額にちゅっと唇を落とされた。

「ずっと俺を満たして——亜理沙」

あなたの穏やかな微笑みで、心が幸せで満ちていく。

「——はい。ずっと」

ささやかでもいい。

願わくば、私の想いがあなたの幸福になれていますように。

番外編

六月もあと僅か。季節はもうすっかり――冬。

ここオーストラリアでは、日本と季節が逆転している。

三月から五月頃までは日本でいう秋にあたり、六月からは冬となるのだ。

俺は四月から正式にオーストラリア支社に赴任し、業務に勤しんでいる。

社員は日本人と現地の人間が半々。社内では基本は英語で会話するが、日本人だけが固まると、つい母国語で話をしてしまっている光景をよく見る。

まあ、公用語が英語とわかっていれば特に問題はない。

仕事を終え、オフィスのロビーへ向かうと柱の前にいた亜理沙が社員と挨拶しているのを見つけた。

「Arisa!　Have a good evening!」

「See you tomorrow」

亜理沙は笑顔で手を振って社員を見送ったあと、こちらに気づいて駆け寄ってくる。

「亮さん。お疲れ様です」

「ああ。お疲れ様〝大迫さん〟」

俺がつい嫌味交じりによそよそしく言うと、亜理沙はしゅんと肩を窄めた。

俺たちは昨年、日本で入籍を済ませている。亜理沙は今、正式には〝久織亜理沙〟だ。

しかし、どういう理由か彼女は海外支社に来てからも旧姓を名乗ると言い張った。

初めはなにも思わなかったのに、オフィスで『大迫さん』と呼ばれているのを聞くにつれ、だんだん複雑な心境になっていった。

彼女はもう俺のものなのに――。

そんな子ども染みた感情が自分の中にあることに驚いた。

さらに、男に『アリサ』と気安く呼ばれているのもまだ慣れず、面白くない。

海外ではファーストネームで呼ばれるのは当然のこと。だけど、どうにも気に食わない。

オフィスを出てふたりで並んで歩いている間も、亜理沙はさっきの俺のひとことを引きずっている様子だった。

後悔しているのに素直に謝れないまま、一緒に住んでいるマンションへ着いてしまった。亜理沙は家には誰もいないのに「ただいま」と言ってリビングへ向かう。そういう些細なところが可愛いし、癒される。

「亮さん。なにか食べたいものありますか？　昨日買い物はしてきたので……」

俺はいつも通り振る舞う彼女を後ろから抱き留めた。

「……ずっと話さないから怒ってるかと思った」

彼女の甘い香りがする髪に鼻を埋め、小さく言った。

亜理沙は首を横に振って、ぽつりと答える。

「もしかして私、亮さんを傷つけてたのかなって思って……」

申し訳なさそうに俯く亜理沙がいじらしい。

本当はよくないとわかっていても、ついこういう顔を見たら攻めたくなる。

「そう。傷ついてる。亜理沙はもう俺のものなのに。名前を変えないのは抵抗してるのかと思って」

「て、抵抗とかではなくて」

「じゃ、なにが嫌なんだよ？」

わざと執拗《しつよう》に責めると、亜理沙は頬を赤らめながら振り向いた。

「く……『久織さん』って呼ばれるの想像しただけで……自分がこうなっちゃうのが予測できたから。仕事中に亮さんが頭から離れなくなっちゃいそうで……。きちんとプライベートと仕事の線引きしなきゃと思って」

恥ずかしそうに潤んだ瞳を向けながら、懸命に自分の気持ちを表現する。

こいつのこういう表情は、いつも俺を冷静でいられなくする。

俺は長い睫毛にキスを落とし、頬に触れたあと、耳に直接声を吹き込んだ。

「もう夫婦なのに、名前だけで反応するってこと？」

「だっ……て。結婚したって事実が、まだ信じられないときがあ……っ」

とうとう我慢しきれなくなって、小さな口を塞いだ。ふっくらした感触を堪能し、時折零れ落ちる吐息を聞いて、さらに深く口づけた。

頬を上気させ、上目で見つめる顔もたまらない。俺でいっぱいになる亜理沙の反応は、際限なく俺の欲求を駆り立てる。

「何回もこうしてるのに？」

「えっ、待っ……あっん」

白い喉元に噛みつくようなキスをして、亜理沙の服の裾から手を潜り込ませる。

絹みたいに滑らかな肌は、触り心地もいいが彼女の体温が直に感じられるのが一番いい。

指先を滑らせるたび、血色のいい唇が開いて甘い声が微かに漏れる。

「確かに……オフィスで俺を連想して、もしもそんな顔をされたら困る」

「し、しなっ……い、あ……ッ」

出逢ってから一年が過ぎた。にもかかわらず、普段は距離感が遠く、言葉遣いは敬語のままで、仕事でもその他でも極力俺を頼ろうとしない。令嬢の立場を鼻に掛けるでも、俺の存在を誰かに自慢するでもない。

どこにでもいるようで、これまで見つけられなかった、そんな女性《ひと》。

俺に縋る大きな目も細い指も、すっぽりと覆えるくらい小柄な身体も全部可愛くて、今夜も抱きつぶしてしまいそうだ――。


俺の自制がきかなかったせいで、夕飯が遅くなった。

それでも彼女は短時間で美味しい日本食を作ってくれて、ふたりで向かい合って食べ終わる。

ソファに座って休んでいたら、日本にいる父からメールが来た。

「保留にしてる披露宴の催促だ。正直、お披露目《ひろめ》とか面倒なんだよなあ」

「私もあまり人前に出るのは得意ではないですが……私たちの場合、体裁を考えなきゃならないですよね」

こういうとき、亜理沙は幼い見た目と違って大人だと思う。面倒だとかわがままを言う自分のほうがよっぽど子どもだ。

「史奈ちゃん、本当に素敵だったなあ」

亜理沙が両手を合わせて目を輝かせて言った。

「お前、本当に好きだよな。義理の姉妹になれてうれしいんじゃないの？」

「そう！　そうなんですよね！　史奈ちゃんと姉妹だなんて。変な感じ」

ふふっと幸せそうに笑う亜理沙を眺めていると、ふいにこちらに顔が向けられた。

「亮さん。もし嫌じゃなければお願いがあるんですが」

「なに？　改まって」

日頃頼みごとなんてほとんどしない亜理沙が真剣な面持ちで切り出すものだから、どうしても構えてしまう。

聞けない願いだったらどうしようか……と不安になっていたとき、亜理沙は俺の顔色を窺いながら言う。

「一時帰国して披露宴をするとしたら、私、ぜひ亮さんの和装姿が見てみたいです」

「……はあ？」

「いつものスーツ姿も素敵なんですが、袴《はかま》も絶対にお似合いだと思うんです」

亜理沙は照れた顔をして、一生懸命説明する。

普通、衣装云々は女性側を中心として考えるだろうに。

亜理沙は自分よりも俺のことばかり考えているんだと実感し、面映ゆくなる。

「まあ……これまでよく神社にお世話になったし、神前式ってのも悪くないか。親父にそう言っておく」

俺がそう答えると、亜理沙はうれしそうにはにかんだ。

このときはそれで会話が終わったが、以降、俺はいろいろと考え始めた。

亜理沙も性格的には大勢の前に出るタイプではない。

しかし、少女っぽい彼女のことだから、結婚式には憧れがあるのではないだろうか。

そうして暦《こよみ》はもう七月に変わっていた。

俺はこの半月、とある計画を実行すべく、社員の力も借りて裏で準備を進めていた。

決行日は今週末。

俺は柄にもなく、僅かな緊張と大きな期待で思考は埋め尽くされていた。

金曜日の仕事を終え、マンションに亜理沙とふたりでいるときに話題を上げた。

「亜理沙。〝Christmas in july〟って聞いたことあるか？」

「クリスマス・イン・ジュライ……？　いえ、ないです」

「オーストラリアでは季節が逆転してるから、クリスマスは真夏だろ。でも、冬のクリスマスも楽しみたいっていう一部の人たちは〝Christmas in july〟を家族や友人と楽しむらしい」

「わあ。だったら年に二回もクリスマスを楽しめるんですね。面白い」

屈託ない笑顔で返す亜理沙に、さりげなく本題を切り出す。

「せっかくだから、〝Christmas in july〟にちなんで明日ディナーに行こう」

俺の誘いに亜理沙は初め目を大きくさせて、その後「はい！」ととびきりの笑顔を見せてくれた。


翌日、俺たちは飛行機でシドニーに移動した。

たかがディナーの予定が一時間半掛けてシドニーへ来たことに、亜理沙は驚きを隠せないみたいだった。目的地はシドニーにある、ウォーターフロントのラグジュアリーホテル。格式高い、と現地だけではなく世界でも有名なホテルだ。

「ディナーまでまだ時間があるから、亜理沙は彼女についていって」

「えっ？」

ロビーに入るなり俺はスタッフに話を通し、亜理沙を連れていってもらう。

約一時間経った頃、亜理沙がいる部屋へ足を向けた。ノックをして中を覗くと、想像以上の光景に言葉を失った。

「亮さん！　これっていったい……」

亜理沙は俺を見た途端、言いかけていた言葉も引っ込めて固まった。そして、薄っすら頬を染めてぽつりとつぶやく。

「袴……！　か、かっこいいです……」

亜理沙の希望を叶えたくてどうにか用意してもらった、グレーの色紋付き羽織《はおり》袴。

俺がこれを着れば喜んでくれると想像はしていたが、やっぱり照れくさい。

「そっちこそ。想像以上……」

対して亜理沙は新和装姿。オーガンジー生地で洋装デザインも織り込まれた着物だ。

俺の予想通り、パステルピンクが色白の彼女によく似合っていた。

仕事では基本的にひとつに結う髪型も、今日はアップスタイルにしてグッと女性らしさが増している。メイクも彼女の素材を活かしてナチュラルに仕上げられていて、思わず触れたくなるほど——。

どうにか自制して、スッと手を差し出す。

「私がいつまでも実感ないとか言ってたからですか……？　ごめんなさい」

俺は遠慮がちに乗せた小さな手を握って返す。

「違う。大勢に披露するためじゃなく、俺だけの花嫁姿を見たくなった。独占したくなったんだ」

そうしたら、きっと花が咲き乱れるような笑顔が見られると思ったから。

俺の言葉を受けた亜理沙は、初めはつぶらな瞳を大きくさせていたけれど、すぐに俺が求めていた満面の笑みを浮かべ、俺の手を握り返した。


ホテル内のチャペルに移動する。

中はクリスマスツリーが飾られ、隅々までクリスマス仕様。隣の亜理沙を見れば、うれしそうに頬を緩ませている。

神父のもとへゆっくり歩みを進める間、バージンロードに並ぶキャンドルの光が亜理沙をいっそう神秘的に見せる。

英語で誓いの言葉を交わし、彼女と向き合った。

感極まって涙を浮かべる亜理沙の頬へキスをし、視線を交錯させて幸せを噛みしめていた瞬間――。

「Congrats!」

「おめでとう！」

数人の祝福の声とともに、フラワーシャワーが降り注いできて驚いた。

反射で瞑った目を開くと、そこにいたのは……。

「誠也？」

「史奈ちゃん!?」

俺たちは同時に声を上げ、顔を見合わせた。

チャペル内にいるのは、誠也たちだけではない。オーストラリア支社で仕事をしている部下たちも一緒だ。もちろん、俺の指示ではない。

「どうして……」

唖然としてつぶやくと、誠也がしたり顔で答える。

「兄さんが亜理沙さんのために式を計画してるって彼らから聞いて、サプライズしようかって話になったんだよ。彼らの中には俺の部下――久織設備の社員もいるからね」

久織建設の子会社の久織設備を任されているのは誠也だ。今回の事業は久織設備もかかわっているため、そこからも数名の社員がオーストラリア支社に赴任している。

今回、時間も足りなかったため、長く現地にいる社員やその知り合いに頼ったりしたのだが……。

「はあ……。なるほどな。まさかお前の耳に入るとまでは想定しなかったよ」

「兄さんには嫌がられるかなあって思ったんだけど、亜理沙さんなら喜んでくれると思ってね」

実弟ににっこりと笑って言われ、してやられた感じがして顔を背けた。すると、誠也の隣にいた義妹の史奈が感涙して亜理沙に飛びつく。

「亜理沙～！　すっごく綺麗！　素敵！」

「ありがとう。史奈ちゃんに会えると思わなかったからうれしい」

未だに花びらが降りしきる中、亜理沙は親友に抱きついて大喜びしていた。

本来なら、ふたりだけの挙式を静かに余韻のある終わり方をしてレストランへ……と計画していたのに。

「亜理沙、亮さん。みんなで写真撮りましょう」

史奈の声掛けでみんながワイワイと集まって整列するのを眺めていたら、亜理沙が俺のもとにやってきて手を伸ばす。

「亮さん」

整列するのにざわついている中、俺が小さな手を取ると、亜理沙は反対の手でクイッと俺の袖を引いて言った。

「亮さん、ありがとうございます」

「いや。俺がこいつらを呼び寄せたわけじゃないから」

すると、亜理沙は首を横に振り、咲き乱れるような笑顔を向ける。

「私を亮さんの花嫁にしてくださって、です」

表裏のない彼女だからこそ、今もらった言葉の重みを実感し、幸福に浸る。

俺は目の前の純真な花嫁に、こっそり耳打ちした。

「日本での白無垢《しろむく》姿も楽しみにしてる」

すると、彼女は頬を赤く染め、柔和に目を細めた。

「本当に……私、とても幸せです」

俺の言動ひとつで、泣きも照れも笑いもする彼女が心から愛しい。

俺は今すぐ口づけたい衝動を抑え、もうひとたびささやいた。

チャペル内に溢れる祝福に紛れて伝えたのは、俺の心の底からの想い。

――『愛してる』

おわり

あとがき

このたびは、最後までお付き合いくださいましてありがとうございます。

こちらは前作『お見合い代役からはじまる蜜愛婚～エリート御曹司に見初められました～』のスピンオフ作品となっております。

前回、代役のふたりを主役として書かせていただいたのですが、執筆後半あたりで徐々に誠也の兄・亮の存在がことのほか大きくなり……彼の話も描きたくなったのです。実は、久織兄弟は三兄弟なので、末弟のイメージも膨らませていたのですが、兄の存在感には敵わなかったようです（笑）。

私の描きたいという願いを叶えてくださって、編集部の方々へは心より感謝しております。もちろん、読者の皆様からの日頃のお力添えあってこそだと思っております。いつも支えてくださり、御礼申し上げます。

これからも、自分も楽しめて皆様にも楽しんでいただけるような作品を執筆できるよう、精進してまいりますのでよろしくお願いいたします。

宇佐木

マーマレード文庫

お見合い代役が結ぶ純愛婚
～箱入り娘が冷徹御曹司にお嫁入りします～

2021年5月15日　第1刷発行　定価はカバーに表示してあります

著者　宇佐木　©USAGI 2021
発行人　鈴木幸辰
発行所　株式会社ハーパーコリンズ・ジャパン
東京都千代田区大手町1-5-1
電話　03-6269-2883（営業）
0570-008091（読者サービス係）
印刷・製本　中央精版印刷株式会社

Printed in Japan ©K.K. HarperCollins Japan 2021
ISBN978-4-596-41666-7

乱丁・落丁の本が万一ございましたら、購入された書店名を明記のうえ、小社読者サービス係宛にお送りください。送料小社負担にてお取り替えいたします。但し、古書店で購入したものについてはお取り替えできません。なお、文書、デザイン等も含めた本書の一部あるいは全部を無断で複写複製することは禁じられています。

※この作品はフィクションであり、実在の人物・団体・事件等とは関係ありません。

m a r m a l a d e b u n k o